KB046652

새벽이 되면 일어나라

새벽이 되면 일어나라
정명섭
장편소설
사계절

차례

1장

생존

폐허가 된 도시로 들어가는 초입에는 추락한 여객기의 잔해가 보였다. 땅은 심하게 파였고 사람 키만 한 엔진이 한쪽 구석에 처박혀 있었다. 여객기 동체는 뼈대만 남고 상당 부분이 뜯겨 나간 상태였다. 동체를 이루는 재료가 가볍고 튼튼해서 천문대 주변의 울타리로 사용했기 때문이다. 주혁이 제일 처음 했던 일도 바로 이 여객기의 잔해를 뜯어 오는 것이었다. 여객기 너머로 도시가 보였다. 주혁이 주변을 살펴보자 친구 민섭이 물었다.

"너도 올해 열아홉 살이지?"

"왜 그래? 우리 같은 해에 태어났잖아."

주혁이 심드렁하게 대꾸하자 민섭은 고개를 끄덕였다.

"그치? 내가 몇 달 빨리 태어났지."

"딴생각하지 말고 할 일에만 집중해."

주혁의 핀잔에 민섭은 가볍게 한숨을 쉬고 고개를 들었다. 그리고 군데군데 싱크홀이 생긴 아스팔트 도로를 바라보면서 말했다.

"저 길로 자동차가 다녔겠지?"

아직 본격적인 여름이 시작되기 전인 5월이지만 기상 이변 때문인지 도시 곳곳에 아지랑이가 피어올랐다. 이번에 처음 도시로 나온 아이들은 믿기지 않는다는 표정으로 둘의 대화를 들었다. 주혁은 걱정스러운 눈으로 아이들을 바라봤다. 대부분의 아이들이 열서너 살 정도이고 은신처인 천문대를 떠나 낯선 세상에 첫발을 내디뎠다. 주혁의 마음을 눈치챈 민섭이 나섰다.

"너희들, 정신 놓고 있을래? 가만히 있으면 어떻게 된다고 그랬어?"

"좀비가 됩니다."

여드름이 잔뜩 난 변성기 아이의 말에 민섭은 눈을 치켜떴다. 그러자 옆에 서 있던 아이가 재빨리 끼어들었다.

"좀비가 되지 않기 위해 항상 조심해야 해요."

주혁이 분위기를 다잡기 위해 나섰다.

"좀비를 만나면 어떻게 해야 한다고 했지?"

"좀비가 먼 곳에 있으면 빨리 도망치고 가까운 곳에 있으면 눈에 띄지 않게 숨어야 합니다."

"좀비가 갑자기 덮치면?"

주혁의 물음에 아이들은 일제히 왼손을 들어 올렸다. 손등부터 팔꿈치까지 두꺼운 천과 책이 감겨 있었다.

"이걸로 막습니다!"

아이들은 약속이라도 한 듯 한목소리로 대답했다.

"그다음은?"

"물리지 않게 조심해서 밀어냅니다!"

"건물에 들어갈 때는 어떻게 하라고 했지?"

"최대한 소리 내지 말고 어두운 곳을 피합니다!"

"그다음은?"

"출입문의 위치를 확인하고 최대한 빨리 임무를 수행합니다!"

"천문대로 돌아갈 때는?"

"좀비들이 오는지 확인합니다!"

"좀비들이 따라오면?"

"천문대를 등지고 달리거나 함정에 빠트립니다!"

"왜?"

주혁의 물음에 아이들이 대답했다.

"친구들을 지켜야 하니까요!"

주혁은 아이들의 대답을 듣고 흡족해하며 폐허가 된 도시를 바라보면서 물었다.

“오늘 갈 곳은?”

“시내 남선역에 있는 하림마트입니다!”

“목표는?”

“울타리를 만들 때 필요한 공구들입니다!”

“가자!”

주혁은 가까이에 있는 한 아이의 머리를 대견하다는 듯 쓰다듬으며 말했다. 그 옆에 있던 민섭은 아이들이 조심스럽게 도로 쪽으로 줄지어 가는 걸 보며 중얼거렸다.

“괜찮을까?”

“어차피 우리가 없으면 쟤들이 해야 하잖아.”

주혁의 말에 민섭은 쓴웃음을 지었다.

“지난번 그 애들처럼 되지 않으려면 말이야.”

두 달 전, 주혁과 민섭의 얘기를 듣지 않고 큰길로 갔던 아이들은 좀비들의 공격을 받았다. 넷이 물렸고 둘이 실종되었다. 지금까지 돌아오지 않았으니 실종된 아이들 역시 좀비로 변한 채 어디선가 어슬렁대고 있을 것이다. 살아남은 아이들은 큰 충격을 받은 나머지 천문대 밖으로 한 걸음도 나오려 하지 않았다. 그래서 원래대로라면 몇 달 동안 더 훈련을 했어야 할 아이들을 급하게 투입할 수밖에 없었다. 이제 시간이 얼마 남지 않았기 때문이다.

주혁과 민섭은 일사불란하게 움직이는 아이들의 뒤를 따라갔다. 황량한 도시가 그들을 맞이했다. 거리는 녹슨 자동차들로 가득했다. 그 위로 건물에서 떨어진 깨진 유리 조각과 부서진 간판들이 군데군데 쌓여 있었다. 좀비들이 나타나던 날, 겁에 질린 사람들이 무작정 유리창을 깨고 뛰어내리거나 좀비들과 같이 뒤엉킨 채 떨어진 흔적이었다.

앞장선 아이들은 자동차를 피해 보도블록이 깔린 인도로 걸었다. 자동차는 위험했다. 그 안에 있던 좀비들이 녹슨 차문을 부수고 밖으로 불쑥 튀어나올 수도 있고, 하반신이 뭉개지거나 없는 채로 자동차 밑에 있다가 아이들의 발목을 잡을 수도 있기 때문이다.

자동차 안에는 십여 년 전의 흔적들이 남아 있었다. 그래서 아이들 중에는 종종 신기해서 안을 들여다보는 경우도 많았다. 주혁과 나란히 걷던 민섭이 회색 자동차 옆에 멈췄다.

"주혁아, 저것 좀 봐."

민섭은 걸음을 멈추고 안을 살펴봤다. 대시보드 위에 머리가 큰 인형들이 쭉 늘어서 있었다.

"저게 버블헤드라는 인형인가 봐."

호기심 넘치는 민섭의 말에 주혁이 자세히 들여다봤다. 다들 챙이 달린 모자를 쓰고 오른쪽 어깨에 방망이를 걸치고 있었다.

"저 인형들이 야구라는 스포츠를 하는 선수들 같아."

"그라운드에서 아홉 명의 선수들이 공을 던지고 친다는 경기?"

"맞아. 두산 베어스라는 팀이 최고라고 했어."

"아니야. 엘지 트윈스라는 팀이 잘하는 선수도 많고 인기도 더 많았다고 했단 말이야."

주혁과 민섭은 서로를 바라보며 씩 웃었다. 그러고는 아이들을 따라가기 위해 주변을 살피면서 걸음의 속도를 높였다.

건물 주변에 그물처럼 얽힌 전깃줄 너머로 새들이 무리 지어 날아갔다. 애써 기른 농작물들을 먹어 치워서 다들 새를 싫어했다.

"아이들이 집결지에 모였어."

하늘을 쳐다보느라 잠시 앞을 살피지 못한 주혁은 민섭의 말에 정신을 차리고 집결지인 마을버스 앞에 모인 아이들 곁으로 다가갔다. 마을버스는 도로에 비스듬히 주차되어 있었다. 마을버스 앞은 로터리를 비롯해 도로들이 갈라지는 곳으로 아이들이 들어가야 할 도시의 시작점이다.

주혁과 민섭이 마을버스 근처에 다다르자 아이들은 버스 안에서 무기들을 가지고 나왔다. 무기들을 마을버스에 가져다 놓자고 한 것은 민섭의 아이디어였다. 무기는 장대 끝에 칼을 달아 놓은 창과 야구 방망이 같은 것들이었다. 주혁은 즐겨 쓰는 정글도를 챙겼고, 민섭은 못이 박힌 야구 방망이를 건네받았다. 아이들이 둥그렇게 모이자 주혁이 입을 열었다.

"이 길로 쭉 가면 고가도로가 나온다. 그 아래 사거리에서 오른쪽으로 가면 남선역이 보이는데 거기 이 층에 하림마트가 있어. 그곳에서 공구들을 가져와야 해. 굉장히 위험하니까 가급적 빨리 들어갔다가 나와야 한다. 필요한 물품 외에는 절대 손대지 않는다."

"네!"

아이들이 한목소리로 대답하자 주혁은 움직이라는 수신호를 보냈다. 창과 방망이를 움켜쥔 아이들이 움직였다. 주혁이 민섭에게 말했다.

"오늘은 잘 풀릴 것 같아."

"끄어어어억."

그 말이 끝나기가 무섭게 죽어 버린 도시 저편에서 좀비들의 울음소리가 들렸다. 그들이 주변에 잔뜩 있다는 것은 확실했다. 민섭이 주혁의 어깨를 가볍게 쳤다.

"설레발치기는."

아이들은 적당이 흩어져 앞으로 걸어갔다. 도로에 인접한 고층 아파트들이 마치 거인 같아 보였다. 그런데 중간 윗부분에 불에 탄 흉측한 흔적들이 눈에 들어왔다.

"저기 고가도로가 보인다."

나란히 걷던 민섭의 말대로 자동차들이 가득 찬 고가도로가 보였다. 도로의 난간들은 천문대의 울타리로 쓰려고 뜯어 간 뒤라 휑했다. 주혁은 그 일에 투입되었을 때 친구들을 잃었던 터라 저도 모르게 얼굴을 찡그렸다.

"오른쪽!"

민섭의 말에 주혁은 고개를 돌렸다. 창문이 모두 깨진 곱창집 안에서 좀비가 걸어 나왔다. 마르고 쭈글쭈글한 얼굴에 찢어진 티셔츠와 피로 얼룩진 앞치마를 입고 있었다. 술 취한 사람처럼 비틀거리며 거리에 서 있는 두 사람을 향해 손을 뻗었다. 좀비는 말을 하지 못하지만 기괴한 울음소리를 내기 때문에 서둘러 없애야만 했다. 민섭이 야구 방망이를 들고 좀비에게 다가갔다. 그러자 주혁이 말렸다.

“왜?”

민섭의 물음에 주혁이 대꾸했다.

“눈이 없잖아.”

민섭은 그제야 좀비의 텅 빈 두 눈을 봤다. 물론 냄새나 소리로 사람들의 위치를 알아챌 수 있지만 그나마 눈으로 보고 덤벼드는 것보다는 덜 위험했다.

그사이 엉거주춤 걸어 나온 좀비는 플라스틱 의자에 걸려서 넘어지고 말았다. 주혁과 민섭은 바닥에 누워서 뜻 모를 신음 소리를 내는 좀비를 바라보다가 재빨리 발걸음을 옮겼다. 고가도로 아래에서 오른쪽으로 꺾자 길이 좁아졌다. 이런 곳에서 좀비와 마주치면 피할 곳이 없어서 다들 바짝 긴장했다. 오른쪽에는 핫도그집과 돈가스집이 나란히 붙어 있었고, 그 길 끝에 잡화점이 보였다. 필요한 물건들이 다 있는 가장 좋은 곳이었지만 계속 물건을 가져간 탓에 지금은 텅 비어 있었다. 그래서 좀비들이 우글우글한 지하철역 안에 있는 마트로 가야만 했다. 높은 건물들 때문에 대낮임에도 거리는 어두컴컴했다. 그때 주혁은 머리 위에서 뭔가 쨍그랑 하는 소리에 고개를 들었다.

"젠장!"

건물 안에 있던 좀비가 유리창을 깨고 줄지어 세워진 자전거 위로 떨어졌다. 사람이었다면 정신을 못 차렸겠지만 좀비는 멀쩡하게 일어서서 괴성을 질렀다. 아이들이 어쩔 줄 몰라 하는 것을 본 주혁이 소리쳤다.

"역까지 뛰어!"

아이들이 뛰어가는 와중에 거리 양쪽 건물 안에 있던 좀비들이 차례차례 떨어졌다. 주혁은 우박처럼 떨어지는 좀비들을 피해 정신없이 뛰었다. 그런데 민섭이 갑자기 주혁의 목덜미를 잡아끌었다.

"조심해!"

민섭의 말이 끝나기가 무섭게 바로 코앞으로 무언가 떨어졌다. 빨간 티셔츠에 반바지 차림의 젊은 여자였는데 미용실 로고가 박힌 앞치마를 허리에 두르고 있었다. 그 여자는 발버둥을 치면서 일어나려고 했다. 주혁은 민섭에게 소리쳤다.

"가자!"

주혁과 민섭은 괴성을 지르는 그 여자를 가볍게 뛰어넘은 다음 남선역이라고 적힌 타일이 떨어져 나간 지하철역 안으로 들어갔다. 그리고 에스컬레이터를 정신없이 뛰어올라서 기둥 뒤에 몸을 숨기고 아무도 쫓아오지 않는 것을 확인하고는 한숨을 돌렸다. 먼저 온 아이들은 주변을 살피고 있었다. 일부는 가장 위험한 화장실 입구를 제대로 막았는지 확인했다. 어둡고 숨을 곳이 많은 장소여서 좀비들이 갑자기 튀어나올 수도 있기 때문이었다.

아무 이상 없다는 손짓을 한 아이들이 주변을 살피며 주혁과 민섭에게로 모여들었다. 남선역은 지상에 지어져 있고 쇼핑몰은 그 위층에 사리 삽았다. 오가는 사람들이 많아서인지 꽃집과 커피전문점을 비롯해 도넛과 아이스크림을 파는 가게가 있었다. 인조 대리석이 깔린 바닥에는 인간과 좀비들이 쏟은 피로 얼룩이 가득했다. 목적지인 하림마트는 쇼핑몰 제일 안쪽에 있었다. 잡화점처럼 물건이 다 있지는 않지만 공구 코너가 있어서 다른 곳에서는 쉽게 구할 수 없는 도구들이 있었다.

"지난번 폭우로 천문대 주변 울타리들이 무너졌어. 나무 자를 톱과 말뚝을 박을 망치가 필요해. 그걸 엮을 철사들도 있어야 하고. 쇼핑몰 안은 물건들이 많이 쌓여 있고, 어두우니까 좀비들이 가까이 있어도 못 볼 수 있다. 그러니까 최대한 빨리 도구를 찾아야 한다."

이야기가 끝나자 아이들은 조심스럽게 쇼핑몰 안으로 들어갔다. 유리문이 모두 깨져 있어서 문을 열고 들어가지 않아도 되었지만 대신 주변에 흩어진 유리조각들을 밟으면 소리가 나기 때문에 최대한 조심히 걸어갔다. 잠시 멈춰 서서 소리가 들리는지 확인한 아이들은 손전등을 켰다. 지금까지 모아 둔 건전지를 생각하면 최대한 아껴야 하지만 이렇게 어두운 곳에서는 어쩔 수 없었다.

주혁은 조심스럽게 유리문을 통과해 안으로 들어갔다. 바깥은 그나마 햇빛이라도 있었지만 창문이 없는 쇼핑몰 안은 어둠 그 자체였다. 손전등으로 주변을 비추며 걷던 주혁은 좀비를 닮은 실루엣을 보고는 순간 놀라고 말았다. 다행히 옷가게의 마네킹이었다. 한숨을 돌린 주혁은 자판기 주변을 어슬렁거리는 한 아이를 보고 놀라서 속삭였다.

"야! 조심해!"

그 말이 끝나기가 무섭게 아이가 바닥에 있던 음료수 캔을 건드렸다.

딸그랑.

소리가 어둠 속에서 깊게 울려 퍼졌다.

2장

학교

빈은 다 마신 음료수 캔을 바닥에 내려놓고 힘껏 발로 밟았다. 음료수 캔 찌그러지는 소리가 쇼핑몰 안에 울려 퍼지자 주변을 걷던 어른들은 눈살을 찌푸렸다. 규빈은 그러거나 말거나 찌그러진 음료수 캔을 발로 누르면서 소리를 냈다. 학교를 가야 한다는 사실이 너무나 짜증 나서 견딜 수가 없었기 때문이다.

"빌어먹을. 학교 가기 싫단 말이야!"

"그만 좀 해."

뒤에서 들려온 목소리에 규빈이 고개를 돌렸다. 같은 학교에 다니는 시아가 팔짱을 낀 채 못마땅한 눈으로 규빈을 바라보고 서 있었다. 시아는 키가 크고 운동 신경이 뛰어나 격투기 대회에 나가 우승하는 데다 매사에 옳은 소리만 했다. 규빈은 못마땅해하며 바닥에 침을 뱉었다.

"네가 뭔 상관이야?"

시아는 규빈의 손목을 움켜잡았다. 순간 전기가 오는 것 같은 아픔에 규빈은 저도 모르게 비명을 질렀다.

"교복 입고 이러고 싶냐? 아침부터 웬 관종 짓이야!"

"하, 관종? 학교 가기 싫어서다. 왜!"

규빈의 하소연에 시아가 코웃음을 쳤다.

"대한민국 고딩 중에 학교 가고 싶은 애가 누가 있겠냐?"

"미, 민욱이."

시아는 규빈의 말에 피식 웃으면서 손을 놓아줬다.

"걔는 빼야지."

"왜?"

아픈 손목을 어루만지는 규빈의 물음에 시아가 찌그러진 음료수 캔을 쓰레기통에 던져 넣으며 대답했다.

"걔는 사람이 아니라 기계잖아. 공부하는 기계."

"그 새끼 뇌는 정말 궁금해."

규빈의 말에 시아가 혀를 찼다.

"말 좀 곱게 해라!"

"씨발, 학교 가면 못 쓰는데 좀 하면 어때."

하림마트를 나와 계단을 내려가면 학교로 가는 마을버스 정류장이 있었다. 때마침 버스가 정차하자 두 아이는 약속이

나 한 듯 계단을 뛰어 내려갔다.

학교는 살짝 오르막에 위치해 있어 지각할 때에는 에베레스트 같았다. 특히 교문이 닫히려 하고 그 앞에 황구라라는 별명을 가진 학생부 주임 선생님이 서 있다면 더더욱 그렇다. 그나마 날씨가 4월 초라 덥지 않다는 것이 유일한 위안거리였다. 규빈은 숨을 헐떡거리면서 교문이 닫히기 전에 들어갔다. 한 걸음 먼저 도착한 시아는 손을 흔들면서 교실로 가고 있었다. 숨을 돌린 규빈에게 황구라가 밉살스럽게 웃으며 다가왔다.

"넌 어떻게 맨날 지각이냐? 빨리빨리 다녀!"

"무슨 지각이에요. 딱 맞춰서 들어왔잖아요."

"아니, 어디서 말대꾸야? 얼른 들어가!"

규빈은 일이 더 커지기 전에 교실로 향했다. 교실은 어제 모의고사가 끝난 탓인지 풀어진 분위기였다. 자리에 앉은 규빈은 가방을 바닥에 내려놓고 책상에 엎드렸다. 뛰어오느라 피곤해서 한숨 자려고 했지만 누군가 시끄럽게 규빈을 부르는 바람에 눈을 떠야만 했다.

"야! 뽕빈아."

"뽕빈이라고 부르지 말라 그랬지!"

규빈이 벌컥 화를 내자 어슬렁거리며 다가오던 현철이 움찔했다. 하지만 재빨리 백 스텝을 밟으면서 두 번째 공격을 날렸다.

“그럼 깔빈이라고 불러 줄까? 깔창을 깐 규빈아.”

“아이 씨!”

“그건 그렇고, 초대박 뉴스!”

화를 더 내려던 규빈은 학교 최고의 소식통인 현철의 떡밥을 물었다.

“뭔데?”

“민욱이가 시험을 망쳤대.”

“얼마나?”

“평균이 90도 안 나왔대.”

“뭐라고? 이거 실화냐?”

놀란 규빈이 되물었다. 1학년, 2학년까지 전교 1등 밑으로 내려간 게 손에 꼽을 정도였기 때문이다.

“실화지.”

“아이고야. 에이스가 시험을 망쳐서 민욱이네 담임 완전 맛이 갔겠네.”

“교무실에서도 지금 난리가 났나 봐.”

“시험은 왜 망친 거래?”

규빈의 물음에 현철이 고개를 갸우뚱거리면서 대답했다.

“시험 볼 때 머리가 아프다고 했대. 그래 봤자 얼마나 망치겠어라고 다들 생각했거든.”

“머리는 나도 아픈데.”

"넌 너무 처자서 그런 거고."

"뭐라고?"

규빈이 발끈하자 현철은 잽싸게 뒷걸음질했다.

"성질머리 하고는……. 이따가 급식소에서 보자."

점심시간이 되자 급식소에서도 아이들은 내내 시험 얘기만 했다. 그 가운데 민욱의 이야기가 오르내렸다. 규빈은 식판에 음식을 받아 구석진 자리로 갔다. 그리고 현철을 찾았지만 모습이 보이지 않았다.

"짜식, 또 땡땡이치고 편의점 갔군."

규빈이 앉은 자리는 배식받는 곳과 멀리 떨어져 있어서 아이들이 잘 오지 않았다. 그래서 마음 편하게 먹고 싶을 때 찾는 자리이기도 했다. 숟가락을 막 들려던 그때 규빈은 한 줄 건너편에 혼자 앉아 있는 민욱을 봤다. 보통 우등생 패밀리끼리 모여서 먹었는데 오늘은 혼자였다. 그런데 민욱의 행동이 괴상했다. 고개를 푹 숙인 채 몸을 앞뒤로 가볍게 흔들면서 온몸을 떨었다. 그러면서 알아들을 수 없는 말을 중얼거렸다. 규빈은 말없이 민욱을 지켜봤다.

때마침 현철과 세창 형이 급식소 안으로 들어섰다. 세창 형은 사고 쳐서 1년 꿇었다. 두 아이는 특별 간식 요구르트만 챙겼다. 세창 형은 주변을 두리번거리다가 어딘가로 갔고, 현철은 혼자 앉아 있는 민욱에게 다가가더니 옆자리에 앉았다. 규빈은 위험하다는 뜻으로 현철을 향해 고개를 저었다. 그러나 현철은 신호를 보지 못하고 민욱에게 말을 건넸다.

"야! 한민욱, 시험 한 번 망쳤다고 인생 다 산 것처럼 굴지 마."

갑자기 민욱이 고개를 들었다. 규빈은 평소 민욱의 표정이 아니라는 걸 금방 깨달았다. 하지만 현철은 말하는 데 정신이 팔려 전혀 눈치채지 못했다. 민욱의 입가에서 침이 뚝뚝 떨어졌다. 그제야 현철은 당황하며 눈을 껌뻑였다.

"왜 그래?"

"끄어어어억!"

민욱이 짐승 같은 괴성을 질렀다. 그리고 식탁을 밀치고 어쩔 줄 몰라 하는 현철을 덮쳤다. 우당탕하는 소리와 함께 현철과 민욱이 바닥에 넘어지자 비명 소리가 파도처럼 급식소 안을 휩쓸었다. 이 모든 광경을 지켜본 규빈은 의자에서 일어나 바닥에 뒤엉켜 있는 둘에게 다가갔다가 흠칫 놀라고 말았다. 다른 쪽에서 다가온 우등생 패밀리도 놀라기는 매한가지였다.

"피!"

우등생 패밀리가 주춤주춤하는 가운데 바닥에 깔린 현철이 규빈에게 손을 뻗었다.

"규, 규빈아! 살려 줘."

그런데 그때 민욱이 괴성을 지르며 현철의 귀를 입으로 물어뜯고 질겅질겅 씹은 다음 입 안에 머금은 피를 사방으로 뿌려 댔다. 둥그렇게 원을 그리며 서 있던 아이들이 어쩔 줄 몰라 하는 가운데 민욱은 계속해서 현철의 얼굴을 뜯었다. 아이들은 비명을 질렀고 누군가는 구토를 했다. 뒤늦게 달려온 황구라가 발을 동동 구르며 호통을 쳤다.

"야! 한민욱! 뭐 하는 짓이야!"

황구라의 말에 민욱이 고개를 들었다. 민욱의 눈동자는 탁한 회색으로 변해 있었다. 입가와 교복은 현철의 피로 붉게 물들었다. 민욱은 먹이를 찾는 맹수처럼 고개를 흔들며 황구라를 바라보면서 천천히 몸을 일으켰다. 그러자 겁에 질린 황구라가 뒷걸음질하며 아이들 틈으로 사라져 버렸고 호기심에 모여들었던 아이들은 썰물처럼 뒤로 물러났다. 그들을 향해 민욱이 걸어가는 사이, 규빈은 쓰러진 현철에게 다가갔다. 얼굴이 온통 물어뜯겨서 피범벅이 되어, 어디가 눈이고 코인지 분간할 수 없었다. 잇몸이 드러난 입만 겨우 알아보았다.

"야! 괜찮아?"

응급 처치를 해야 했다. 그런데 사람의 얼굴이 뜯겼을 때에는 어떻게 해야 하는지 배운 적이 없었다. 그때 현철이 피범벅이 된 손을 뻗어서 규빈의 두 손을 꽉 움켜잡았다.

"사, 살려 줘."

현철은 더 얘기를 하려고 했지만 컥컥거리는 소리와 함께 입에서 피거품을 쏟아 냈다. 겁에 질린 규빈은 현철의 손을 뿌리치고 일어났다. 그리고 자신을 노려보는 민욱과 눈이 마주쳤다. 온몸에 피를 뒤집어쓴 민욱은 씨근덕거리면서 규빈을 향해 다가갔다.

"야! 오지 마!"

규빈은 손사래를 치면서 물러나다가 도망쳤다. 무조건 내달려 조리실로 뛰어 들어갔다. 모자와 가운을 쓴 조리사들도 주걱을 내동댕이치고 도망쳤다. 규빈은 손에 잡히는 걸 닥치는 대로 집어 던졌다. 하지만 민욱은 그런 건 개의치 않고 다가갔다. 제일 구석으로 밀려난 규빈은 벽에 걸린 커다란 국자를 집어 들고 휘둘렀다.

"오지 말라고!"

아까는 보이지 않던 아이들이 조리실 창밖에 빼곡하게 모여 있는 게 보였다. 하지만 그 누구도 나서서 도와주지 않았다. 이리저리 휘두른 국자에 맞은 민욱의 머리가 오른쪽으로 돌아갔다. 규빈은 힘을 줘서 제법 세게 한 번 더 휘둘렀다. 퍽 하는 소리와 함께 민욱이 휘청거리더니 바닥에 쓰러졌다. 그러나 아무렇지도 않은 듯 벌떡 일어났다. 뒤로 주춤거리던 규빈은 달걀이 들어 있는 바구니를 발견하고서는 국자를 내동댕이치고 민욱의 발밑에 달걀을 쏟아부었다. 민욱은 으르렁거리면서 다가오다가 미끄덩거리는 달걀을 밟고는 그대로 뒤로 넘어졌다.

"나이스!"

규빈은 쓰러진 민욱을 잽싸게 뛰어넘어 조리실 입구로 달려갔다. 그리고 밖에서 지켜보던 아이들에게 투덜거렸다.

"도와주지는 못할망정 구경만 해?"

"저기……."

아이들 중 한 명이 손을 들어서 뒤쪽을 가리켰다. 무심코 뒤를 돌아본 규빈은 조금 전까지 쓰러져 있던 민욱이 일어서 있는 걸 봤다.

"엄마야!"

화들짝 놀란 규빈은 도망치려고 했지만 바닥이 미끄러워서 생각보다 빨리 움직이지 못했다. 민욱의 손길이 거의 목덜미에 닿을 무렵, 낯익은 목소리가 들려왔다. 시아였다.

"엎드려!"

규빈은 바닥에 주저앉았다. 순간 머리 위로 슈웅 하고 바람이 스쳤다. 허공에 뜬 시아의 발이 정확하게 민욱의 턱을 가격했다. 뭔가 부서지는 소리와 함께 민욱은 균형을 잃고 비틀거리다가 넘어졌다. 그리고 경련을 일으키다가 이내 멈췄다. 조리실 바닥의 타일 위로 민욱의 뒷머리에서 피가 번져 나갔다. 두 손으로 머리를 감싼 채 앉아 있던 규빈이 숨을 고르는 시아에게 물었다.

"이게 대체 뭐야?"

"나도 몰라!"

시아는 퉁명스럽게 대꾸하고 돌아서서 밖으로 나갔다. 규빈도 시아의 뒤를 따랐다. 시아가 급식소 밖 계단에 쪼그리고 앉자 규빈도 시아의 옆에 앉았다. 그리고 방금 전에 일어난 일을 곱씹었다. 믿기지 않았다. 전교 1등만 한 모범생 아이가 갑자기 괴물로 변해서 친구를 공격했다.

"이럴 수가! 이게 대체 무슨 시추에이션이야!"

허망한 표정으로 규빈이 말했다.

"괜찮아?"

"너도 봤지? 민욱이가 괴물로 변한 거."

"아주 똑똑히 봤어."

"대체 왜?"

규빈의 물음에 시아가 고개를 저었다.

"영화에서나 봤는데 실제로 일어난 건 처음 봐."

"어떤 영화?"

"그러니까……."

한쪽 눈을 찡그리며 잠시 뜸을 들이던 시아가 입을 열었다.

"좀비가 나오는 영화."

좀비라는 말을 들은 규빈은 고개를 돌려서 급식소 쪽을 바라봤다. 십 분 후, 경찰차가 사이렌을 요란하게 울리면서 나타났고 구급차도 바로 따라왔다. 규빈은 급식소에서 구급 대원들이 환자 이송용 침대를 끌고 나오는 것을 봤다. 머리끝까지 덮힌 하얀 천에 붉은 피가 배어났다. 규빈은 아무 말도 못 하고 환자 이송용 침대가 구급차에 실려서 학교를 떠나는 모습을 바라봤다. 뒤따라 나온 아이들 중 몇몇이 울고 있었고, 다른 아이들은 스마트폰으로 열심히 사진을 찍거나 문자를 보냈다. 급식소 계단에 시아가 서 있었다. 어깨를 가늘게 떨고 있는 것을 보니 충격을 억지로 삼키는 듯 보였다.

평화롭던 학교는 한순간에 아수라장이 되었다. 오후가 되자 집으로 돌아가라는 방송이 나왔고 기자들이 카메라를 들고 학교로 들어왔다. 아이들은 삼삼오오 모여서 웅성거렸고, 기자들은 아이들을 붙잡고 말을 걸었다. 규빈은 기자들을 피해 운동장 구석에 가서 엄마한테 전화를 했다.

"엄마, 오늘 학교에서 일이 생겼어."

"너, 설마 사고 쳤니?"

"그게 아니라, 나 데리러 오면 안 돼?"

"지금? 안 돼! 엄마 손님 파마해야 하니까 알아서 와."

엄마의 신경질적인 목소리가 끊기자 규빈은 망연자실했다. 그때 누군가 규빈에게 다가왔다. 갈색 체크무늬 셔츠에 동그란 안경을 쓴 아저씨가 규빈을 위아래로 훑어봤다.

"3학년 문규빈 학생인가?"

"그, 그런데요."

"네가 맨 처음 좀비를 봤다면서."

"누가 그래요? 좀비라고."

"이시아 학생이 말해 줬다."

잘 아는 사람처럼 편안한 표정으로 묻는 아저씨는 규빈에게 명함을 건넸다. 명함에는 온스타 미디어 장헌준 기자라고 적혀 있었다.

“물어볼 게 있는데 말이야. 처음에 어땠니?”

“뭐가 어때요?”

규빈이 퉁명스럽게 말하자 장헌준 기자가 눈을 반짝거리면서 말했다.

“오늘 발작을 일으킨 애 말이야. 급식소에 올 때부터 이상했니?”

“같은 반이 아니라 잘 몰라요.”

“그러지 말고 좀 도와줘.”

장헌준 기자의 집요한 태도에 규빈이 벌컥 화를 냈다.

“친구가 죽었는데 뭘 도와줘요!”

규빈이 인상을 잔뜩 찌푸리며 교문 쪽으로 걸어가자 장헌준 기자가 소리쳤다.

“포항과 수원에서 하나, 대구에서도 하나, 그리고 지금 여기 서울까지 해서 모두 네 건이야. 이곳이 제일 먼저 발생한 거고.”

“뭐가요?”

걸음을 멈추고 돌아선 규빈이 물었다. 장헌준 기자는 급식소를 바라보면서 대꾸했다.

“사람이 사람을 물어뜯은 사례 말이야.”

“정말이에요?”

"그래, 뭔가 벌어지고 있는 게 분명해."

"대체 무슨……."

"넌 운이 좋은 거야. 인마."

"왜요?"

"포항에서는 버스 안에서 난동을 부리는 바람에 크게 사고가 났어. 열 명이 죽고 여덟 명이 크게 다쳤다. 수원에서는 지하철역에서 사람들을 공격해서 둘이 죽었어. 대구랑 서울에서 일어난 사고까지 포함하면 오늘만 삼십 명이 넘게 죽었어. 네 건 중에서 여기가 그나마 인명 피해가 덜한 거야. 넌 코앞에서 맞닥뜨렸는데도 죽지 않고 살아남은 거고."

"맙소사."

망연자실한 규빈에게 장헌준 기자가 쐐기를 박았다.

"넌 진짜 재수 좋게 살아남은 거야!"

3장
/
위기

　음료수 캔에서 나는 소리가 어둠 속에서 울려 퍼지자 다들 약속이나 한 듯 그대로 얼어붙었다. 좀비들은 소리에 굉장히 민감하기 때문이다. 지금 같은 어둠 속이라면 곁으로 다가와도 눈치채지 못해서 아주 위험했다. 다들 손전등을 끄고 각자 서 있던 자리에 조심스럽게 앉았다. 주혁은 검지 손가락을 세워 입에 가져다 대고는 주변을 살펴봤다. 쇼핑몰 통로에 가판대를 가져다 놓고 물건들을 쌓아 둔 곳이라 굉장히 조심해야 하는데 어처구니없는 실수가 벌어진 것이다. 그때 민섭이 주혁에게 속삭였다.
　"내가 먼저 나갈게. 상황 보고 따라와."

"위험해."

주혁의 만류에 민섭은 고개를 저었다.

"어차피 이대로 있어도 위험하긴 마찬가지야. 좀비들이 언제 올지 모르잖아."

민섭은 벌떡 일어나서 하림마트 쪽으로 발걸음을 옮겼다. 어둠 속에서 민섭의 발소리가 울려 퍼졌다. 주혁은 조마조마한 심정으로 하림마트 입구에 도착할 때까지 민섭을 바라봤다. 민섭이 괜찮다는 수신호를 보내오자 아이들도 하나둘씩 일어나서 하림마트로 들어갔다. 주혁도 민섭에게 다가갔다.

"너무 위험해."

"빨리 끝내야지. 잘 지키고 있어."

주혁은 입구에 남아서 손전등을 켜고 주변을 살폈다. 주혁의 옆에 성욱과 다른 아이 한 명이 창을 들고 지키고 있었다. 십 분 정도가 지나자 네일숍 코너에서 이상한 소리가 들렸다. 바짝 긴장한 주혁은 손전등을 켜서 불빛을 비췄다. 다행히 쥐가 지나갔다. 그때 성욱이 주혁에게 다가왔다.

"시간이 너무 오래 걸리는 거 아닙니까?"

"공구 코너가 제일 안쪽이라 시간이 좀 걸릴 거야."

"그래도 너무 오래 걸리는데요."

"위치를 벗어나지 말고 기다려."

주혁이 엄한 표정으로 얘기하자 성욱은 못마땅해하며 제자리로 돌아갔다. 계속 주변을 살피던 주혁은 쇼핑몰 바깥에서 이상한 소리가 들려오자 얼굴을 찡그렸다. 가서 살펴보고 싶었지만 함부로 위치를 벗어나는 건 위험했다.

한참 시간이 흐른 뒤에야 민섭과 아이들이 나왔다. 민섭은 주혁에게 망치를 보여 줬다.

"오래 기다렸지?"

"왜 이렇게 늦은 거야?"

"공구 코너가 안쪽인 데다 좀비들이 지나다니면서 마네킹을 넘어뜨려서 피해 들어가느라 좀 늦었어. 어서 가자!"

민섭의 말에 주혁은 애써 평정심을 유지하며 걷기 시작했다. 하지만 그런 마음은 쇼핑몰의 깨진 유리문 밖으로 나오면서 산산조각 나고 말았다.

"어쩐지 쉽게 풀린다 했다."

주혁의 눈앞에는 좀비들이 가득했다. 그중에는 아까 만났던 빨간 티셔츠 입은 여자 좀비도 보였다.

"삼십 마리쯤 되는데 그냥 돌파할까?"

민섭의 말에 주혁이 고개를 저었다.

"경험도 없는 애들 데리고는 어려워. 소리라도 나면 떼로 몰려올걸."

"그럼 어떡하지?"

"쇼핑몰 안에 비상계단이 있어. 거기로 나가자."

주혁의 말에 민섭이 걱정스러운 눈빛으로 말했다.

"지하철역이랑 건물 사이에 있는 좁은 골목길로 나가야 하잖아. 그랬다가 좀비들이랑 마주치기라도 하면 끝이야."

"지하철역 쪽 담장은 예전에 우리가 허물었잖아. 그쪽으로 나가면 철로가 나올 거야. 그 길을 건너면 큰 도로가 나올 거고. 그럼 움직이기 편할 거야."

"그럼 내가 여기 있을 테니까 네가 애들 데리고 가."

"무슨 소리! 어서 애들 데리고 가."

둘이 옥신각신하는 사이 한 아이가 등에 짊어진 짐이 무거워서인지 쇠기둥에 살짝 기댔다. 그러자 가방에 넣어 둔 공구가 기둥에 닿으면서 청명한 소리가 났다. 주변에서 서성거리던 좀비들이 일제히 이쪽을 바라보자 주혁이 민섭을 떠밀었다.

"어서 가. 집결지에서 만나자."

민섭은 아이들을 데리고 쇼핑몰 안으로 사라졌다. 그들이 모두 사라진 것을 확인한 주혁은 주머니에서 두툼한 장갑을 꺼내 끼고 정글도를 단단히 움켜잡았다. 그러고는 가장 가까이 다가온 좀비의 다리를 후려쳤다. 잘 갈아 놓은 정글도에 다리를 베인 좀비는 중심을 잃고 넘어졌다. 사람에게는 치명상이지만 두려움이나 고통을 못 느끼는 좀비에게는 단지 다리를 잃은 것뿐이었다. 주혁은 가까이 다가오는 좀비들의 다리를 정글도로 베어 쓰러뜨렸다. 다리를 잃은 좀비들은 바닥을 기어서 다가왔고 주혁은 발로 걷어차며 그것들을 뿌리쳤다.

어두컴컴한 쇼핑몰 안에 들어선 주혁은 옷가게의 마네킹 사이에 섰다. 좀비로 변하면 눈도 썩어 가기 때문에 시력이 급격하게 나빠진다. 거기다 새들이 눈알을 파먹어서 못 보는 경우도 많았다. 그래서 좀비들을 피하려면 어두운 곳에 숨어야 했다. 물론 그만큼 위험하지만 지금은 가릴 상황이 아니었다. 마네킹 사이에 서 있던 주혁은 바로 곁을 스쳐 지나가는 좀비들을 보면서 숨을 꾹 참았다. 한 무리의 좀비들이 어둠 속에서 이리저리 부딪혔다. 한숨을 돌린 주혁이 주변을 살피며 마네킹 사이를 빠져나오려는 순간 뭔가에 발목을 잡혔다.

"뭐, 뭐야!"

아까 그 빨간 티셔츠 좀비였다. 재빨리 다른 발로 손을 밟아서 뿌리쳤지만 그 와중에 세워져 있던 마네킹들이 넘어지면서 요란한 소리를 냈다. 그러자 좀비들이 하나둘씩 돌아섰고 주혁은 재빨리 밖으로 나왔다. 몰려나오는 좀비들 때문에 틀만 남았던 쇼핑몰의 문은 와르르 무너졌다. 에스컬레이터가 있는 쪽으로 향한 주혁은 아래쪽에도 좀비들이 몰려 있는 것을 보고는 멈칫했다. 양쪽으로 포위된 꼴이라 빠져나갈 곳이 없었다. 이리저리 둘러보던 주혁의 눈에 기둥 뒤편에 있는 화장실이 보였다. 주혁은 몰려드는 좀비들의 손길을 아슬아슬하게 뿌리치고 화장실로 들어가서 제일 마지막 칸에 몸을 숨겼다. 하지만 뒤따라 들어온 좀비들이 문을 흔들어 댔다. 합판으로 만든 화장실 문은 오래 버틸 것 같지 않았다. 주혁은 양변기 뒤에 있는 유리창을 열었다. 뛰어내릴 만한 높이였다. 주혁이 마른침을 삼키며 심호흡을 하는 사이 문이 부서지는 소리가 들렸다. 주혁은 지체하지 않고 뛰어내렸다.

바닥을 한 바퀴 굴렀다. 그러고는 일어나서 주변을 살피며 지하철역 옆에 있는 빌라 단지로 들어섰다. 남선빌라라는 페인트 글씨가 벽면에 남아 있었는데 깨진 유리조각과 쓰레기들로 가득했다. 건너편의 야트막한 담장을 훌쩍 뛰어넘은 주혁은 좀비들이 뒤따라오지 않는 것을 확인하고는 한숨을 돌렸다.

해가 떨어지는 가운데 집결지인 마을버스에는 민섭과 아이들이 먼저 와서 주혁을 기다리고 있었다. 민섭은 마을버스의 출입문 계단에 앉아 있다가 걸어오는 주혁을 보고는 활짝 웃었다.

"역시 이번에도 살아 돌아왔구나."

"이까짓 거 가뿐하지."

주혁은 대수롭지 않다는 표정을 지으며 민섭의 옆에 앉아 말했다.

"필요한 건 다 챙겼어?"

"망치랑 톱에 철사까지 다 챙겼지."

"역시 재주꾼이야. 아이들도 안 다치고 천만다행이네."

"이제 집으로 가자."

주혁은 민섭이 건넨 생수를 다 마신 다음에 몸을 일으켰다. 위험한 순간이 있긴 했지만 잘 넘겼고, 필요한 물건들도 얻어서 홀가분했다. 도시를 벗어나 산으로 접어든 주혁과 민섭의 일행은 가파른 길을 올라갔다. 중간에는 이들만 알아볼 수 있는 표시를 몇 개 해 뒀다. 오가는 길 주변에는 좀비들을 막기 위한 각종 함정들이 만들어져 있었다. 그래서 정해진 길을 절대 벗어나면 안 된다고 엄격하게 교육을 했다. 울창하게 자란 나무들이 중간중간 길을 막았지만 주혁이 정글도로 헤치면서 길을 냈다. 가다 보니 '해마루 천문대'라는 글씨가 적힌 낡은 팻말이 보였다. 그곳을 지나자 칡넝쿨과 나뭇잎으로 가린 방벽 뒤로 높게 솟은 망루가 나왔다. 민섭이 손을 흔들자 망루를 지키고 있던 한 아이가 반가운 표정으로 손을 흔들었다.

"집에 다 왔네."

앞장선 민섭의 말에 주혁도 말없이 집을 바라봤다. 주혁과 민섭은 나뭇가지로 위장한 문에 다가갔다. 그리고 제일 앞장선 주혁이 정글도를 바닥에 내려놓고 빗장을 풀었다. 문을 열고 안으로 들어가자 나뭇잎과 녹색 천으로 가린, 지붕이 돔형인 이 층으로 된 천문대와 집들이 보였다.

아침에 나올 때는 마지막일지 모른다는 심정으로 봤던 풍경들이 눈에 들어왔다. 마당은 길을 제외하고는 상추와 감자처럼 크게 신경 안 써도 잘 자라는 것들을 심은 채소밭이었다. 그리고 집에서는 밖으로 나갈 준비를 하는 아이들이 지냈다. 한쪽에는 물을 길어 올리는 거대한 도르래가 움직이고 있었다. 천문대가 산 중턱에 위치한 탓에 물을 얻으려면 몇 백

미터 아래에 있는 하천까지 가야만 했다. 오가는 중에 종종 좀비들의 공격을 받아서 아예 물을 끌어올 수 있는 도르래를 만들었다. 그렇게 끌어온 물은 물탱크에 보관했다가 밭에 뿌리거나 식수로 사용했다.

밭 주변에는 닭들이 돌아다니면서 모이를 쪼아 먹었다. 담장이 있는 구석에는 이제 막 기어 다니기 시작한 아이들이 흙을 뒤집어쓴 채 놀고 있었다. 열 살 남짓한 아이들이 그 어린 아이들을 돌봤다. 천문대 본관 앞에 아이들이 줄지어 서 있는 게 보였다. 아이들은 한 명씩 앞으로 나가서 외벽에 기대어 섰다. 그러자 머리를 뒤로 질끈 묶은 선영이 숯으로 키를 표시하고는 어깨를 쳤다.

"다음."

그 외벽에는 집에서 태어나고 자라는 아이들의 이름과 생년월일, 그리고 두 달에 한 번씩 잰 키가 적혀 있었다. 그런데 쭉 올라가던 키 높이는 한 지점에 멈춰 있었다. 키와 생년월일을 표시하는 건 구성원들의 성장을 한눈에 볼 수 있다는 것 외에도 혹시나 생일을 속이는 일을 막기 위해서였다. 누가 언제 나가야 하는지 모두 알고 딴생각을 하지 못하도록 무언의 압박을 주는 것이었다.

주혁은 착잡한 심정으로 그 모습을 바라보다가 창고로 몸을 돌렸다. 창고 앞에 모인 아이들이 가져온 물건들을 나무 탁자 위에 올려놨다. 그러자 창고지기 민우가 물건들을 하나

씩 확인하면서 창고 안으로 가지고 들어갔다. 창고에 있는 물건들은 필요할 때마다 민우의 허락을 받고 사용했다. 민우가 더 없냐고 묻자 주혁이 대답했다.

"없습니다."

민우는 온화한 표정으로 말했다.

"이제 가족들 곁으로 돌아가도 좋습니다."

그 말이 끝나기가 무섭게 아이들은 가족들 품에 안겨 엉엉 울었다. 그걸 본 민섭이 코를 킁킁거리면서 말을 건넸다.

"힘든 하루였지?"

"그래도 살아남았잖아."

"그러게. 이따 보자."

민섭이 사라지자 주혁은 가만히 주변을 살펴봤다. 좀비들이 차지한 바깥세상과 달리 이곳에는 진짜 사람들이 살고 있었다. 그리고 새로운 세상이 올 때까지 명맥을 유지해야만 한다. 이것이 '전수자'를 통해 내려오는 절대적인 목적이었다. 그래서 모든 규칙은 생존에 맞춰져 있다.

해마루 본관에서 주혁의 여자 친구 민지가 나왔다. 민지가 당장이라도 울 것 같은 표정으로 바라보자 주혁은 얼른 다가가서 두 손을 잡았다. 그리고 민지와 주혁은 건물 안으로 들어가 식당으로 향했다. 식당은 오른쪽 복도 끝에 있었다. 긴 식탁 위에는 상추무침과 감자조림, 제육볶음이 놓여 있었다. 식당 당번들이 준비한 음식이었다. 식사 시간을 알리는 종이

울리자 자리는 삽시간에 찼다. 주혁의 앞자리에 민지가 다가와 앉았다. 주혁은 젓가락으로 상추무침을 한 움큼 집어서 입에 넣었다. 어려운 일을 끝내고 와서 그런지 정말 맛있었다. 민지가 말했다.

"내일 새벽이지?"

잠시 생각에 잠겼던 주혁은 고개를 끄떡였다.

"맞아."

"다들 그랬던 것처럼, 그 선택을 할까?"

"잘 모르겠어. 아마 결정은 했겠지."

"벌써 시간이 이렇게 되었네."

민지의 얘기를 들으면서 주혁은 민섭을 바라봤다. 붙임성 좋고 인기 많은 민섭의 주변에는 늘 사람들이 북적거렸다. 떠들썩하던 식당에 갑자기 박수가 터졌다. 꿀차가 나온 것이다. 아이들이 양봉으로 얻은 귀한 꿀을 넣어서 만든 차로 아주 특별한 날에만 먹을 수 있었다. 신이 난 아이들은 꿀차를 조금씩 나눴다. 주혁은 민지와 잔을 마주치면서 건배를 했다. 민섭은 주혁을 바라보며 잔을 들고 단숨에 꿀차를 삼켰다.

시끌벅적한 저녁 식사가 끝나고 밤이 깊어 갔다. 주혁은 숙소로 돌아와 침대에 누워 잠을 잤지만 새벽이 되자 눈이 번쩍 뜨였다. 옷을 입고 정글도를 챙겨 밖으로 나가자 몇몇 아이들과 민지가 보였다. 주혁과 눈을 마주친 민지가 말했다.

"잘 보내 주고 와."

"그럴게."

정문 쪽으로 걸어가자 한쪽 구석에서 횃불이 활활 타오르고 있었다. 입구에는 창을 든 아이들에게 둘러싸인 민섭이 보였다. 민섭은 주혁을 보며 반가운 표정을 지었다.

"기다리고 있었어."

주혁은 창을 든 아이들을 지나 민섭에게 다가가 정글도를 내밀었다.

"이거 가지고 가."

"네가 아끼는 거잖아."

"밖에 나가면 이게 더 유용할 거야."

민섭은 정글도를 물끄러미 바라보다가 고개를 저었다.

"금방 쓸모없어질 거야. 네가 계속 써."

막상 마주 보고 있어도 뭐라고 할 말이 없었다. 가까스로 주혁이 입을 열었다.

"최대한 멀리 가. 내 손으로 널 처리하고 싶지 않으니까 말이야."

"북쪽으로 가려고, 거긴 한 번도 안 가 본 곳이라서."

"잘 가라."

주혁의 말에 민섭은 고개를 가볍게 끄덕였다. 그러다가 주변을 살펴보고는 낮은 목소리로 말했다.

"윤성이를 봤어."

"어디서?"

"산 정상 팔각정 너머 컨테이너. 먼발치에서 봤어."

"잘 지내고 있구나."

"나중에 한번 가 봐."

얘기를 마친 민섭이 천천히 돌아섰다. 창을 든 아이들 중 하나가 빗장을 풀자 삐걱거리는 문소리가 새벽이 된 세상에 울려 퍼졌다. 반쯤 열린 문으로 나간 민섭이 나지막하게 말했다.

"잘 있어."

"나도 어차피 몇 달 안 남았어."

"그래도 밖에서 마주치지는 말자. 서로 막 물어뜯고 그럴 수는 없잖아."

민섭의 농담에 주혁이 피식 웃었다.

"어차피 알아보지도 못할 건데."

문이 닫히고 빗장이 채워졌다. 아이들이 제자리로 돌아가자 주혁은 망루로 올라갔다. 여명이 밝아 오는 세상을 향해 걸어가는 민섭이 보였다. 주혁은 난간에 기대 그 모습을 지켜보다가 중얼거렸다.

"어제까지는 어떻게든 살아남으려고 발버둥 쳤는데 오늘은 제 발로 나가야만 하네."

터무니없지만 이곳에서 오랫동안 유지되었던 규칙이었다. 단 한 명도 예외가 없어야 한다는 말은 전수자를 통해 전해 내려왔다. 이곳을 만든 사람도 최초의 전수자도 모두 다른 사람들을 살리기 위해서 스스로 밖으로 나갔다. 민섭의 모습이 보이지 않을 때까지 주혁은 한참 동안 서 있었다. 서서히 해가 떠오르려고 했지만 그의 마음은 여전히 어두웠다. 망루의 계단에 쪼그리고 앉은 주혁은 참았던 눈물을 쏟았다.

4장

확산

사건이 벌어지고 나흘 뒤, 전국 모든 학교는 임시 방학에 들어갔다. 그동안 규빈은 시아와 함께 조사를 받았다. 처음에는 경찰서로 오라고 했다가 나중에는 검찰청으로 오라는 내용의 문자를 받은 규빈은 한숨을 푹푹 쉬었다. 대한민국은 발칵 뒤집혔다. 학교에서 민욱이 미쳐 날뛴 것과 비슷한 사례가 연달아 발견되었기 때문이다.

첫날은 서울과 수원, 포항과 대구에서 각각 한 건씩이었지만 다음 날은 서울에서만 네 건이 터졌고, 지방까지 합하면 모두 열 건이었다. 이때까지만 해도 사망자는 많지 않았지만 원인을 알 수 없는 고등학생의 발작에 다들 공포에 휩싸였다. 발생지는 달라도 증상이 비슷했다. 갑자기 몸을 흔들고 이상한 말을 중얼거리다가 주변에 있는 사람들을 공격하는 패턴이었다. 체구가 좋은 운동부 학생부터 작아서 콩알이라고 놀림을 받았던 학생까지 모두 똑같은 공격성을 드러냈다. 광명에서는 차에 깔려서 하반신이 뭉개진 고등학생이 도로를 기어가서 건너편에 서 있던 사람을 공격한 사례도 나왔다.

사흘 째 되는 날에도 발작을 일으킨 사례는 줄어들지 않았다. 알 수 없는 사건이 이어지자 화살은 학생들에게로 향했다. 인터넷을 중심으로 발광충 혹은 교복충이라는 별명이 생겨났고, 교복을 입고 나가면 어른들이나 아이들이 슬슬 피하거나 경찰에 신고했다. 그렇다고 집이 편했던 것은 아니었다.

규빈은 청바지에 검정 후드를 뒤집어쓰고 검찰청에 도착했다. 그러나 약속된 시간보다 좀 일찍 도착한 탓에 근처 공원을 어슬렁거렸다. 자판기에서 콜라를 뽑아서 벤치에 앉는데 낯익은 얼굴이 불쑥 옆자리에 앉았다.

"빨리 왔네?"

시아였다. 규빈은 고개를 끄덕이며 콜라를 한 모금 마셨다. 시아는 하늘을 바라봤다.

"오늘 버스에서 쫓겨날 뻔했어."

"왜?"

규빈의 물음에 시아가 짜증 난 표정으로 대꾸했다.

"어떤 아저씨가 다가오더니 내리라고 난리를 치는 거야. 그래서 싫다고 했더니 갑자기 다른 승객들도 나서서 뭐라고 해서 결국 다음 정거장에서 내렸어."

"그랬구나."

"넌 괜찮았어?"

"말도 마. 오늘 보니까 엄마가 내 방에 자물쇠를 달더라."

"진짜?"

시아가 당황해하자 규빈은 다 마신 콜라 캔을 신경질적으로 찌그러뜨리면서 말했다.

"어이가 없어서 뭐 하냐고 했더니 혹시 몰라서 그런다고 말하더라고. 그래서 그냥 나와 버렸어."

"나라가 미쳐 날뛰는 거 같아. 그치?"

"정확히는 우리들이지. 고딩들."

"왜 그런 것 같아? 뉴스 보니까 외국도 그런 것 같던데."

"정말?"

"해외토픽에 나온 거 봤어. 미국이랑 프랑스, 그리고 이집트인가 이스라엘에서도 그랬대."

규빈은 캔을 쓰레기통에 던져 넣으면서 중얼거렸다.

"지구가 망하려나 보다. 시험 안 보고 좋네."

"민욱이 처음에 어땠니?"

"귀신 들린 거 같았어."

"그러다가 현철이를 물어뜯었지? 황구라도 좀 다쳤대."

"물린 거야?"

"아니, 도망치다가 계단에서 넘어진 모양이야."

시아의 말에 규빈이 코웃음을 쳤다.

"겁쟁이 같으니라고."

"이제 어떻게 될까?"

규빈은 시아의 물음에 왈칵 짜증을 냈다.

"몰라, 될 대로 돼라. 뭐."

규빈은 깍지 낀 손을 뒤통수에 대고 벤치에 등을 기댄 채 하늘을 바라봤다. 며칠 사이에 무슨 일이 벌어지고 있는지 이유를 알 수 없었다. 민욱은 남을 괴롭히는 아이가 아닌, 공부를 잘하는 모범생이었다. 규빈이 생각에 잠겨 있는 동안 스마트폰으로 뉴스를 검색하던 시아가 한숨을 쉬었다.

"대박."

"왜?"

"파주에서도 같은 반 아이 두 명이 발작을 일으켰나 봐. 제주에서도 터졌고."

"계속되나 보다. 이러다가 우리도 변하는 거 아냐?"

"공통점이 없어. 어떤 애는 운동부고, 어떤 애는 왕따였잖아."

"고등학생이라는 공통점이 있잖아."

"그렇긴 하지."

시아는 스마트폰을 주머니에 집어넣고 우울한 표정으로 거리를 바라봤다.

"다들 우리를 괴물로 보고 있어. 우린 그냥 학교에 가서 공부한 것밖에 없는데 말이야. 인터넷에서 우리를 뭐라고 부르는지 알아?"

규빈은 대답 대신 고개를 끄덕였다. 그러자 시아가 분통을 터트렸다.

"우린 어쩌다 괴물이 된 걸까?"

"나도 모르겠다. 우리가 언제 뭘 결정하기라도 했냐?"

텅 빈 공원에서 세상을 향한 분노와 원망을 한참 쏟아 내던 두 사람은 약속 시간이 되자 얌전하게 일어나서 검찰청으로 향했다. 입구를 지키는 경찰에게 출두하라는 문자 메시지를 보여 줬다. 그러자 경찰이 주차장 쪽 건물로 둘을 데려갔다. 현관을 놔두고 엉뚱한 곳으로 가자 규빈이 물었다.

"아저씨. 저쪽으로 가야 하는 거 아니에요?"

"기자들이 있을지 모른다고 검사님이 뒷문으로 데리고 들어오라고 했어. 조용히 따라와라."

시아와 규빈은 주차장 쪽 출입문으로 들어가서 엘리베이터를 타고 8층으로 올라갔다. 문이 열리자 곰처럼 덩치 큰 아저씨가 보였다. 그는 시아와 규빈을 보며 묵직한 목소리로 말했다.

"검찰청 수사관 허태구다. 지금 검사님 방으로 갈 거니까 따라와라. 질문에 아는 대로 대답하면 된다. 알았지?"

"네."

시아와 규빈은 분위기에 짓눌려 얌전하게 대답하고 허태구 수사관을 따라갔다. 복도 끝에 있는 회의실로 들어가자 양복을 입은 사람들이 근엄한 표정을 지으며 앉아 있었다. 회의를 하던 중인지 탁자에는 커피와 서류 더미가 가득했다. 허태구 수사관은 제일 끝자리에 둘을 앉힌 다음 사람들 사이로 가서 누군가에게 귓속말을 했다. 그러자 고개를 든 남자가 둘을 바라봤다. 그사이 맞은편에 앉아 있던 다른 남자가 뒷목을 잡고 목을 한 바퀴 돌리더니 탁자에 놓인 약병에서 약을 하나 꺼내어 입에 털어 넣고 물을 마셨다.

"저 남자가 검사인가 봐."

규빈의 속삭임에 시아가 대꾸했다.

"드라마 보면 엄청 무서워 보이는데 실제로는 안 그러네."

툭 튀어나온 턱에 심하게 없는 머리숱, 그리고 축 처진 눈을 가진 검사가 둘을 바라봤다. 가슴에 단 명찰에는 조용균 검사라고 쓰여 있었다. 조용균 검사는 시아와 규빈 쪽으로 다가와 빈 의자에 앉고 웃음을 지었다.

"와 줘서 고맙다. 네가 규빈이고 네가 시아지?"

"네."

"무슨 죄가 있어서 부른 건 아니고 목격자라서 오라고 한 거다. 그러니까 겁먹지 말고 그날 봤던 것들을 얘기해 주면 된단다."

조용균 검사의 말에 회의실 안에 있던 모든 사람이 의자를 돌려 시아와 규빈을 바라봤다. 마른침을 삼킨 규빈이 먼저 입을 열었다.

"뭘 말씀드리면 돼요?"

"그날 너희들이 봤던 거 모두. 규빈이가 민욱이랑 같이 밥을 먹었지?"

"같이 밥을 먹은 건 아니고 건너편 식탁에 앉아 마주보고 있었어요."

"그럼 민욱이는 혼자 밥을 먹었니? 원래부터?"

"아뇨. 보통은 우등생 패밀리랑 같이 먹는데 그날은 혼자였어요."

"어땠니?"

"민욱이요?"

규빈의 물음에 조용균 검사가 고개를 끄덕였다. 잠시 기억을 더듬던 규빈이 말했다.

"많이 이상했어요. 평소랑 다르게 혼자 있던 것도 그렇고, 고개를 숙인 채 계속 중얼거렸어요."

"어떤 말인지 들었니?"

"알 수 없는 말이었어요. 그러다가 갑자기 현철이를 공격했어요."

조용균 검사가 손짓을 하자 허태구 수사관이 리모콘을 들고 버튼을 눌렀다. 그러자 벽에 붙은 모니터에 불이 들어오면서 흑백 화면이 나왔다. 옆에 있던 시아가 그걸 보고 중얼거렸다.

"어? 우리 학교네."

"너희 학교 급식소 CCTV야. 저기 구석에 앉아 있는 사람이 너고, 건너편에 앉아 있는 게 민욱인 거 같은데 맞아?"

화면을 들여다본 규빈은 고개를 끄덕였다.

"그러니까 평소에는 어울려서 밥을 잘 먹던 애가 그날따라 혼자서 밥을 먹고 이상한 소리까지 했다는 거지? 잠시 후에 현철이가 가까이 다가오니까 공격을 한 거고 말이야."

"네. 다른 애들은 민욱이가 이상한 걸 알고 가까이 안 갔는데 현철이는 밖에 있다 온 거라 그 상황을 몰랐어요."

"두 아이가 평소 사이가 안 좋았니?"

"현철이는 둥글둥글한 성격이라서 모두와 친하게 지내는 친구예요. 민욱이랑은 좋지도 나쁘지도 않았어요."

"그럼 원한이 아니라는 거니?"

"저도 왜 그랬는지 이유를 모르겠어요. 같은 반이 아니라 잘 모르지만 민욱이는 전교 1등만 하는 애라 문제가 생기면 모를 리가 없거든요."

"부모님 얘기로는 시험을 망쳐서 몹시 괴로워했다더구나. 다음 날 밤새 잠도 못 잔 얼굴로 등교를 했다고 말했어."

"그래도 평소와 달라도 너무 달랐어요."

영상을 보고 그날의 기억이 떠오른 규빈은 살짝 몸을 떨었다. 잠시 제자리로 돌아간 조용균 검사가 종이 더미를 들고 돌아왔다.

"처음 시작은 너희 학교였고 오늘 아침까지 나흘 동안 전국에서 서른여섯 건의 사건이 발생했어. 사망자만 해도 가해자들을 포함해서 아흔 명이 넘는다. 그중 가장 큰 건 어제 버스 사고가 나면서 발생한 거고 말이야."

조용균 검사가 종이에 적힌 사례들을 차례로 들추면서 말했다. 그 얘기를 듣던 시아가 끼어들었다.

"그래서 원인이 밝혀졌나요?"

조용균 검사는 고개를 저었다.

"아직. 가해자들이 고3이라는 걸 빼고는 성별과 발생 시각이 모두 달라. 다만 공통점을 발견했지. 그건 발작 후 엄청난 공격성을 띠었고, 쇼크로 사망해야 할 상황에 처할 때까지도 계속 움직였다는 거지. 신종 전염병이라고 주장하는 사람들도 있지만, 이 부분은 확실하지 않아 좀 더 조사하고 있다."

한참을 얘기한 조용균 검사가 규빈을 바라봤다.

"혹시 짐작되는 거 있니?"

질문을 받은 규빈이 고개를 저었다.

"저도 민욱이가 왜 그렇게 변했는지 잘 모르겠어요."

"민욱이가 현철이를 공격했을 때 말이다. 누군지 알아보고 공격한 것 같니? 아니면 그냥 앞에 있으니까 공격한 것으로 보였니?"

"그냥 현철이가 아무것도 모르고 다가갔다가 공격을 당했어요. 현철이가 다가가기 전까지 민욱이는 고개를 숙이고 있어서 누가 앞에 오는지도 몰랐을 거예요."

"다들 주변에 있는 사람들을 무작위로 공격했군. 딱히 원한이 없는데 말이야."

"네. 맞아요. 영화에서 보던 좀비 같았어요."

"전날까지, 아니 아침까지도 이상 증세 정도만 보였는데 몇 시간 후에 갑자기 공격적으로 돌변했어. 의학적으로는 설명이 불가능하다고 말하고 있단다. 그나마 가장 가능성이 큰 것은 합성 마약이란다."

"마약요?"

듣고 있던 시아가 어처구니없다는 표정으로 묻자, 조용균 검사가 다른 모니터를 바라봤다. 미국 CNN 뉴스 장면이었는데 고속 도로에 경찰차들이 잔뜩 몰려 있는 상황을 중계하고 있었다.

"미국은 지금 우리보다 더 난리가 났다. 솔트라고 불리는 합성 마약 때문에 말이다."

"그게 왜요?"

"그 마약에 중독된 사람이 다른 사람을 공격해 죽이고 있어. 심지어 경찰의 총격을 수십 차례 받은 상태에서도 말이다."

"그럼 민욱이가 마약을 했단 말인가요?"

"그래서 너희에게 물어보는 거다. 이건 가족들이나 언론에다가 절대 얘기하면 안 된다."

조용균 검사의 말에 규빈은 믿기지 않는 듯 고개를 저었다.

"민욱이는 그럴 애가 아니에요."

옆에 있던 시아도 거들었다.

"고등학생이 어떻게 마약을 구해요. 게다가 민욱이는 모범생이에요."

그때 문이 열리고 누군가 들어왔다. 잽싸게 들어온 그는 조용균 검사에게 귓속말하면서 자그마한 약통 같은 것을 건넸다. 조용균 검사는 그의 어깨를 툭툭 치면서 수고했다는 말을 했다. 그가 나가자 조용균 검사는 의자에서 일어나 다른 사람들에게 약통을 들어 보여 줬다. 다들 그럴 줄 알았다는 표정으로 고개를 끄덕였다.

"그게 뭐예요?"

규빈이 물었다. 조용균 검사가 규빈과 시아에게도 약통을 보여 줬다. 하얀색의 길고 작은 약통에는 영어가 적혀 있었는데, 규빈은 처음 보는 것이었다. 하지만 시아는 단번에 알아보았다.

"코타놀이네요."

"먹어 봤니?"

"딱 한 번요. 벼락치기 할 때 잠이 안 온다고 해서 먹었는데 다음 날 너무 어지러워서 그다음부터는 안 먹어요."

조용균 검사가 규빈에게 물었다.

"너는 이거 먹었니?"

"아뇨, 처음 봤어요."

"시아 말대로 잠을 쫓고 집중력을 높여 준다고 알려져서 고등학생들이 많이 먹는다고 들었는데? 특히 모범생들이랑 운동부 학생들이 말이야."

"어차피 저는 공부랑은 담쌓아서요."

조용균 검사가 약통을 자켓 주머니에 넣었다.

"오늘까지 갑자기 돌변해서 주변 사람들을 공격한 학생들은 모두 이 코타놀을 복용했어."

"모두 다요?"

"부검 결과에서 검출되었고 각자의 방에서 코타놀이 나왔거나 먹는 걸 본 사람이 있지."

조용균 검사의 말에 시아가 걱정스러운 표정으로 물었다.

"민욱이 같은 애들 아니더라도 대부분 이런 약을 먹어요."

"물론 이 약만 가지고는 설명이 안 되는 부분이 많아. 혹시 봉봉주스라고 들어 봤니?"

규빈은 물론 이번에는 시아도 못 알아들었다. 그러자 조용균 검사가 사진 한 장을 보여 줬다. 거기에는 유리컵과 코타놀이 나란히 보였다.

"그게 뭐예요?"

"고카페인 음료에 코타놀을 섞은 걸 봉봉주스라고 부른다. 몇 년 전부터 유행하기 시작한 건데 잘 모르는 모양이구나."

"공부하는 애들끼리 마셨겠죠."

규빈이 고개를 저으면서 대답하자 조용균 검사가 덧붙였다.

"사실 코타놀은 어른들도 많이 복용해. 그래서 고3 학생들에게만 증상이 나타난 걸 다들 이상하게 생각하고 있다."

"그럼 봉봉주스도 아니라는 건가요?"

"지금으로서는 그것 외에는 원인을 찾을 수 없어. 아마 봉봉주스가 만들어지는 과정에서 코타놀과 고카페인 음료의 어떤 성분이 십 대의 아이들에게 부작용을 일으키지 않았나 추측하고 있다."

조용균 검사의 얘기를 들은 규빈은 문득 그날이 무슨 날인지 떠올렸다.

"민욱이가 변한 게 모의고사 본 다음 날이었어요."

"그래. 평소보다 더 많이 먹었을 거야. 그리고 끝나고 후유증이 나타났고 말이야."

규빈이 충격에 빠져 아무 말도 못 하는 사이 시아가 끼어들었다.

"그럼 봉봉주스를 먹은 아이들은 다 변하는 건가요?"

"모르겠구나. 어쨌든 지금까지 가해자들이 그랬어. 하지만 증상이라는 게 언제 어떤 방식으로 나타날지 모르는 일이라서 일단 대비책은 마련해야지."

"이미 다 마셨는데 어떻게요?"

시아의 물음에 조용균 검사는 대답 대신 손목시계를 봤다.

"언론 브리핑할 시간이 다 됐네. 이제 돌아가도 좋다. 대신 여기서 나랑 나눈 얘기는 절대 발설하면 안 된다. 알았지?"

"네."

짧게 대답한 시아가 일어나자 규빈도 얼른 따라서 일어났다. 둘은 엘리베이터 앞까지 나온 허태구 수사관에게 조용균 검사가 했던 말을 또 들었다. 그리고 밖으로 나와 현관에 잔뜩 몰려 있는 기자들을 먼발치에서 보고는 뒷문으로 빠져나왔다. 시아와 규빈은 근처 공원으로 가서 말없이 벤치에 앉았다. 규빈이 먼저 정적을 깼다.

"봉봉주스를 마신 애들이 위험해진다는 거지?"

"그런 것 같아. 그런데 무슨 대책을 세운다는 거야?"

시아가 짜증스럽게 물었지만 규빈은 알 턱이 없었다. 벤치에서 벌떡 일어난 시아가 주변을 빙빙 돌면서 속사포처럼 말을 쏟아 냈다.

"걔들이 무슨 죄가 있어. 공부해서 성적 올리려고 약을 먹은 것밖에는 없잖아."

"그렇긴 하지."

"그래 놓고 이제 와서 남의 일처럼 얘기하는 게 너무 화가 나!"

시아가 큰 소리를 내자 근처를 지나던 할머니가 발길을 멈췄다. 옆에는 손자로 보이는 꼬마가 코를 후비면서 시아와 규빈을 번갈아 바라보았다. 할머니는 꼬마를 들어 안고 황급히 왔던 길로 돌아갔다. 그 모습을 보던 규빈은 두 손으로 머리를 마구 헝클었다.

"미치겠네. 우리가 뭘 잘못했다고 이러는 거야."

"고딩인 게 죄지."

시아의 말에 규빈은 더욱 좌절했다. 둘은 벤치에 한참 동안 앉아 있다가 집으로 돌아갔다.

집에 도착한 규빈은 혼자서 저녁을 먹고 TV를 보다가 뉴스 속보를 보고 깜짝 놀라고 말았다. 그러고는 손을 덜덜 떨며 스마트폰을 들어서 시아에게 전화를 걸었다.

"야! 뉴스 봤니?"

"방금 봤어."

규빈은 우울한 목소리로 대꾸한 시아에게 분통을 터뜨렸다.

"미친 거 아냐? 우리가 죄인도 아니고 왜 가둬!"

"명목이야 충분하지. 언제 발작을 일으킬지 모른다잖아."

"그건 봉봉주스를 처먹은 놈들이고 난 안 마셨다고! 그리고 어른들도 먹었는데 왜 우리한테만 지랄이야!"

흥분한 규빈에게 시아가 차분한 목소리로 말했다.

"자기들은 괜찮다고 생각한 모양이지. 그러니까 고등학생들을 모두 감금한다는 생각을 한 거지."

"말도 안 돼. 우리가 뭘 잘못했는데?"

"고등학생인 게 잘못이지. 조만간 학교에서 보겠네."

시아와의 통화를 끝낸 규빈은 더 우울해졌다. 화면에는 긴급 발표라는 자막이 흐르는 가운데 국무총리가 말하고 있었다. 몰려든 기자들이 카메라의 플래시를 수없이 터트리며 사진을 찍었다.

— 대한민국 정부는 최근 발생하는 고등학생들의 발작 증세에 관해서 전문가들과 함께 다각도 분석과 조사를 해 왔습니다. 발병 원인으로는 학생들이 자주 복용하는 코타놀의 성분이 특정 연령대의 성장 호르몬과 결합되면서 신경계에 영향을 미친 것으로 보입니다. 전문가들은 이런 증상이 지속적으로 나타날 수 있다고 경고했기 때문에 정부는 불가피한 조치들을 취하기로 결정했습니다. 내일부터 전국 모든 고등학생과 해당 연령대의 청소년을 교육 시설에 일정 기간 보호하도록 할 것입니다. 이 방법은 청소년들을 보호하고 치료 방법이 나올 경우 치료를 용이하게 하기 위한 조치임을 말씀드립니다. 수용 조치는 내일모레부터 실시되며 학생들은 자신들이 다니는 학교로 모여 주시기 바랍니다.

국무총리의 발표가 끝나자마자 기자 한 명이 손을 들고 질문을 던졌다.

— 기간은 얼마나 생각하십니까?

— 일단 이 주간 보호, 관찰합니다.

— 격리 조치에 부모들이 순순히 응하지 않는다면요?

— 만약 협조하지 않으면 벌금을 물리고 형사 처벌을 할 것입니다. 아울러 조치를 거부한 학생은 대입 시험 자격을 박탈하는 것을 교육부와 협의 중입니다.

국무총리의 발표에 기자들이 술렁거렸다. 카메라 셔터 누르는 소리가 한동안 들리고 나서 안경 쓴 기자가 질문을 던졌다.

— 수업 일정은 어떻게 진행합니까? 시험은요?

— 일단 다른 시험은 모두 중단하고 대입 시험만 치르는 것을 염두에 두고 있습니다. 수업은 온라인으로 진행할 것이며 격리된 학생들도 온라인으로 수강할 것입니다.

— 사실 코타놀은 몇 년 사이 의약품 판매 순위 1위를 차지할 정도로 많은 사람들이 복용했습니다. 당장 판매를 중지해야 하는 것 아닙니까?

— 코타놀이 문제가 아니라 그것과 함께 섭취한 음료에 호르몬이 결합하면서 일으킨 일종의 부작용으로 보입니다.

그러니까 국무총리의 말은 코타놀이 특정 연령대의 성장 호르몬과 결합되면서 과격하고 폭력적인 성향이 드러난다는 것이었다. 하지만 질문을 던진 기자는 포기하지 않았다.

— 그게 아니라 코타놀의 판매처가 삼현그룹이기 때문 아닙니까?

기자의 질문에 국무총리는 대놓고 불쾌한 표정을 지었다.

— 그건 말도 안 되는 헛소문입니다.

— 미국에서도 비슷한 얘기가 나왔습니다. 코타놀을 제조하는 에세놀이 굴지의 대기업이라서 판매 중지를 하지 못했다는 보도가 있었습니다. 알고 계셨습니까?

— 미국과 우리 상황은 다릅니다. 그리고 에세놀의 고든 에일리치 회장이 코타놀의 안정성에 대해서는 검증되었다고 이미 밝혔습니다. 이런 상황에서 근거 없는 이야기가 언론을 통해 퍼지는 것은 옳지 않다고 생각합니다.

규빈은 국무총리가 왜 저렇게 고든 에일리치 편을 드는 건지 궁금했다. 그리고 삼현그룹이 현재 대한민국 최고의 재벌기업이라는 것을 떠올렸다. 국무총리는 비상시국에 현명하지 않은 억측이라고 딱 잘라 말하고는 다른 기자의 질문을 받았다. 규빈은 TV를 껐다.

밤늦게 미용실 문을 닫고 집으로 돌아온 엄마는 말없이 짐을 꾸렸다. 낡은 여행용 캐리어에 옷을 차곡차곡 챙기는 엄마의 모습에 규빈은 소리쳤다.

"난 안 갈 거야!"

"며칠만 들어갔다 와. 그러면 나라에서 치료해 준다잖아."

"내가 코타놀 안 먹는 거 엄마도 잘 아는데 왜 그래!"

규빈이 계속 소리를 지르자 엄마가 챙기던 옷을 내팽개치면서 화를 냈다.

"나라고 이러고 싶겠어? 그런데 안 보내면 벌금을 내야 한다잖아. 난 돈 없다. 거기다 오는 손님들이 모두 다 네 얘기를 하는데 나보고 어쩌라고!"

규빈은 한바탕 퍼붓는 엄마를 피해 방으로 들어왔다. 그사이 스마트폰은 어찌된 일인지 메시지로 가득했다. 머리가 복잡해진 규빈은 침대에 드러누웠다.

이틀 후 규빈은 엄마가 싸 준 짐을 챙겨서 학교로 향했다. 임시 방학을 했던 학교는 다시 교문을 열고 아이들을 받아들였다. 다른 점이 있다면 경찰들과 공무원들이 매서운 눈으로 학생들을 바라보고 있다는 것이었다. 야트막한 학교 담장 위로 철조망이 덧대어 올라섰고, 이탈할 경우 처벌받을 수 있다는 경고문도 중간중간 붙어 있었다. 교문에 있던 선생님들이 아이들을 들여보내면 경찰관은 아이들의 짐을 확인했다. 규빈을 맞이한 사람은 한쪽 다리에 깁스를 한 황구라였다. 그는 주머니에서 약통을 꺼내어 알약 하나를 입에 넣고 생수를 들이켰다. 그러다가 규빈을 보더니 빨리 오라고 손짓을 했다. 가까이 다가가자 손에 든 명단에 체크를 한 황구라가 말했다.

"말썽 부리지 말고 얌전하게 있어."

"언제까지요?"

규빈의 물음에 황구라가 짜증을 냈다.

"그걸 내가 어떻게 알아. 인마!"

"대체 아는 게 뭐예요?"

"뭐라고!"

황구라가 멱살을 움켜잡자 규빈도 지지 않고 멱살을 잡았다. 그러자 주변에 있던 다른 선생님과 공무원들이 와서 뜯어말렸다. 안으로 떠밀린 규빈의 등 뒤에서 황구라가 소리쳤다.

"너 같은 말썽꾸러기가 문제야! 알아?"

규빈이 들어선 교실은 온통 어수선했다. 일단 학교에 수용된다고만 했지 뭘 어떻게 한다고는 결정된 게 없었기 때문이다. 아이들은 스마트폰을 들여다보거나 친구들과 잡담을 하면서 시간을 보냈다. 규빈은 시아와 얘기를 나누고 싶었지만 남녀를 분리 수용해서 여학생들은 인근에 있는 여학교로 간 상태였다. 수용된 아이들의 반응은 제각각이었다. 어떤 아이들은 짜증을 내거나 분노했지만 대부분은 며칠 있다가 돌아갈 수 있다는 방송을 믿어서인지 별생각이 없어 보였다.

규빈은 창가에 있는 자리에 앉아 바깥 풍경을 바라봤다. 교문 밖에는 아이들을 학교로 들여보낸 부모들의 모습이 보였다. 그 옆에는 아이들을 강제 수용하는 것에 반대하는 내용의 플래카드를 든 시위대가 보였다. 하지만 거기 어디에도 규빈의 엄마는 보이지 않았다. 아마 열심히 미용실에서 손님들의 머리를 해 주고 있을 것이다. 착잡한 심정으로 밖을 바라보던 규빈은 문자 메시지 알림 소리를 듣고는 스마트폰을 봤다. 엄마가 보낸 문자였다.

우리 아들 잘 들어갔니? 엄마가 요즘 힘들어서 짜증을 좀 냈어. 월세를 자꾸 올려 달라고 해서 말이야. 그래도 엄마 열심히 돈 벌어서 아들 나오면 맛있는 거 해 줄게. 힘들어도 좀만 참아.

스마트폰을 조용히 내려놓은 규빈은 교탁 옆에 있는 TV를 봤다. 뉴스가 보도되고 있었다. 방송에서는 전국에서 벌어진 사건들과 희생자의 숫자를 보여 줬다. 거의 여든 건에 달하는 발작 증세가 있었고 모두 청소년이었으며 백오십여 명의 사망자가 발생했다. 조사를 받았을 때 들은 것처럼 원인은 코타놀로 만든 봉봉주스였다. 하지만 그게 왜 발작 증상을 일으키게 만들었는지에 대해서는 뉴스에 나온 어른들 그 누구도 시원하게 대답하지 못했다. 대충 환경 오염이나 성장 호르몬, 극심한 스트레스가 원인이라는 애기들뿐이었다. 또한 수용 반대 시위를 하는 학생들과 학부모들을 경찰들이 강제 해산하고 체포하는 장면이 나왔다. 그러는 와중에도 학교 담장에는 뭔가가 계속 보강되었다. 규빈은 높아지는 담장을 보자 가슴이 답답했다. 그런 규빈의 어깨를 친 것은 학교 일진 세창 형이었다.

"야, 문규빈."

별로 친하지 않은 세창 형이 갑작스럽게 나타나자 규빈은 의아한 표정으로 바라봤다.

"왜요?"

"할 얘기가 있는데 말이야."

세창 형과 친하게 지낼 법한 아이들이 몇 명 더 보였다. 반 아이들은 기세에 눌려 슬금슬금 자리를 떴다. 옆자리에 앉은 세창 형은 짧게 깎은 머리를 긁적이며 말했다.

"학교 지겹지 않냐?"

"여기가 지금 학교입니까? 감옥이지."

규빈의 말에 세창 형이 창밖을 보면서 피식 웃었다.

"둘 다 분간이 잘 안 되잖아. 어쨌든 계획이 있는데 말이야."

"무슨 계획이요?"

"여기서 탈출할 거야."

"탈출한다고요?"

"아 진짜. 뭘 잘못했다고 우리를 이 지랄 맞은 학교에 가둬."

"나가다가 잡히면 벌금 엄청나게 내야 한다잖아요."

"배 째라 그래. 어쨌든 나랑 내 친구들은 여길 탈출할 거야. 생각 있으면 합류해."

"경찰들이 다 막고 있던데 어떻게 나가려고요?"

"씨, 설마 우리한테 총을 쏘겠어?"

"나간 다음에는요? 나가 봤자 금방 잡힐 것 같은데."

"방법이 다 있지. 쟤 있잖아."

세창 형이 패거리 중 한 명을 가리키면서 덧붙였다.

"쟤네 아버지가 천문학자인데 주련산에 새로 천문대가 지어졌다고 말했대. 아직 천체 망원경이 오지 않아서 지금은 비어 있는 상태래."

"거기로 가자고요?"

의기양양한 표정의 세창 형이 창밖의 풍경을 노려보면서 대답했다.

"거기 짱 박히면 아무도 모를 거야."

"여기서 주련산까지 가려면 좀 멀지 않나요?"

"후문 축대 뒤가 달동네잖아. 거기를 통해서 올라간 다음에 공원을 가로질러 가면 돼. 그쪽은 둘레길이어서 사람들이 별로 없고 제일 빨리 갈 수 있는 지름길이야."

얘기를 들은 규빈이 별다른 반응을 보이지 않자 세창 형이 물었다.

"어쩔 건데?"

"생각해 볼게요."

"빼기는, 생각 바뀌면 찾아와. 난 교무실에 있을 거야."

세창 형이 떠나고 규빈은 여전히 창밖을 바라봤다. 뉴스에서는 여전히 패널들이 입씨름을 벌이고 있었다. 스마트폰에 메시지가 왔다는 알림이 떴다.

나 기억하지?
온스타 미디어 장헌준 기자야.
잠깐 볼까?

저 못 나가요.

소각장으로 나와. 어딘지 알지?

긴가민가하면서 옛날 소각장 쪽으로 나가자 정말 담벼락 밖에 장헌준 기자가 와 있었다. 담장이 높아지고 철조망까지 둘러져 있어서 넘어가기는 어려웠지만 담장 아래 뚫린 구멍을 통해 얼굴을 맞대고 얘기를 나눌 수는 있었다. 규빈이 놀란 눈빛을 보이자 장헌준 기자가 씩 웃었다.

"놀랐냐? 나 15회 졸업생이야. 우리가 다닐 때는 여기가 개구멍이었거든. 예전에는 소각장으로 썼는데 지금은 안 쓰네?"

"요즘은 그냥 창고로 쓰는데 소각장이라고 부르기만 해요."

"세월 참 많이 지났다. 우리 때는 여기서 불도 쬐고 그랬는데 말이야."

"왜 부른 거예요?"

"취재하려고. 안에 분위기는 어때?"

"바깥 분위기 얘기해 주면 말할게요."

"짜식, 반항적이네. 바깥은 다들 살았다는 분위기야."

"우릴 가둬 놓고요?"

규빈의 반문에 장헌준 기자가 고개를 끄덕였다.

"니희들이 언제 발작을 일으킬지 몰라서 다들 전전긍긍했거든. 겉으로는 인권 침해니 뭐니 해도 속으로는 다들 좋다고 안심하고 있을걸. 오다가 이제 밖에서 술 마시자고 약속 잡는 사람들도 봤어."

장헌준 기자의 말에 규빈은 고개를 저었다.

"우릴 이렇게 만들어 놓고 행복하게 지내겠다 이 말인가요?"

"일단 공격받을 일은 없잖아. 우리나라만 그런 게 아니라 다른 나라도 비슷한 문제로 골머리를 앓고 있어."

"얘기 들었어요. 합성 마약 때문이라면서요."

"그래. 미국에서는 폭동도 일어났어. 아무튼 안에서 무슨 일이 벌어지는지 알려 주면 나도 바깥소식 전해 주마."

"별로 안 궁금해요."

"만약 치료제나 방법이 개발되지 않으면 여기에서 다른 곳으로 보낸다는 얘기도 슬슬 나오고 있어."

"뭐라고요?"

"대부분 학교가 시내 한복판에 있잖아. 혹시나 탈출하면 어떡하냐는 말들이 있거든."

"아예 죄인 취급을 하겠다는 말이군요."

낙담한 규빈의 말에 장헌준 기자가 착잡한 표정을 지었다.

"나야 뭐, 취재만 해서 잘 몰라. 안에 분위기는 어때?"

"아직까지는 별거 없어요. 하지만 시간이 지나면 어떨지 모르겠어요."

"섣불리 움직이지 말아라. 경찰한테 너희들이 도망치거나 반항하면 발포해도 된다는 명령이 떨어졌으니까."

"진짜요?"

"보도는 안 될 거야. 하지만 아는 시경 캡한테서 나온 얘기니까 사실일 가능성이 높아. 오늘도 아직 수용되지 않은 학생들 중에 발작을 일으킨 사례가 나왔어. 분위기 많이 안 좋으니까 눈에 띄지 않게 잘 숨어 있어."

"우리가 무슨 죄를 지은 것도 아니고 왜 그래야 하는데요?"

규빈의 물음에 장헌준 기자가 어깨를 으쓱거렸다.

"공부 빡세게 하고 끝없이 경쟁해야 하는 이 나라에 태어난 게 잘못일 수 있지. 암튼 가끔 연락할 테니까 여기서 만나자."

저녁 식사는 편의점 도시락이 배급되었다. 원래는 급식소를 운영한다고 했지만 조리사들이 안 들어가겠다고 해서 할 수

없이 도시락이 배급된 것이다. 규빈은 대충 허기를 달래고 교문 근처 벤치에 앉았다. 교문 밖은 경찰차가 막고 있었고 경찰들이 쫙 늘어서서 지키고 있었다. 근처에는 일을 끝내고 자식들을 보러 온 것 같은 부모들이 보였다. 하지만 그중에 엄마는 보이지 않았다. 그럴 줄 알았고, 그럴 수밖에 없었지만 의지할 누군가가 없다는 사실에 규빈은 눈물이 쏟아졌다. 감옥 같던 학교에 수용된 첫날은 그렇게 지나갔다.

5장

전수자

날이 밝자 천문대에 사는 사람들의 하루가 시작되었다. 공동체를 구성하는 사람들은 창조자가 만든 시간표에 맞춰서 일을 했다. 창조자는 좀비가 나타나고 이곳에 사람들을 데리고 피난 왔던 리더를 지칭한다. 모든 규칙과 일은 창조자가 만들었다. 이곳에 자리 잡은 뒤로 어떻게 하면 살아남을 수 있는지에 대해서 많은 가르침을 남겨 놓았고 그것은 전수자를 통해 이어졌다.

전수자는 기억을 전달하는 역할을 하며 그 일을 제외한 다른 일은 하지 않았다. 그래서 아이들에게 한글과 역사를 가르치고 이곳에서 태어나고 죽은 사람들과 이곳을 떠난 사람들의 이름과 행적을 기록하고 기억했다. 아울러 후계자를 찾아서 교육하는 것도 중요한 임무였다. 후계자로 지목된 아이는 일행과 떨어져서 전수자와 함께 본관 꼭대기에서 지내야만 했다.

새벽에 친구를 떠나보내고 뜬눈으로 아침을 맞이한 주혁은 곧바로 전수자를 찾아갔다. 작년부터 전수자가 된 아로는 천문대의 돔에서 지냈다. 녹슨 철제 계단을 타고 돔으로 올라간 주혁은 후계자와 얘기를 나누던 아로와 눈이 마주쳤다. 주혁은 잠시 입구에 서서 안쪽을 바라봤다. 천체 망원경이 없어서 제법 넓었는데 책과 종이 더미가 상당 부분을 차지했다. 전수자 아로는 맞은편에 앉은 후계자를 엄한 눈으로 바라보고 있었다.

“내가 다 외우라고 했지?”

“죄송합니다. 전수자님.”

아로는 고개를 숙인 후계자를 바라보며 혀를 찼다.

“우리의 임무가 뭔지 한시도 잊어서는 안 된다. 우리의 임무가 뭐지?”

“기록하고 기억하기입니다.”

“맞아. 그러니까 정신을 집중해서 외워야 해. 내일 다시 암기 시험을 보겠다. 만약 그때도 틀리면 내려보낼 거다.”

엄하게 꾸짖은 아로는 후계자에게 구석에 가서 책을 읽으라고 했다. 그리고 방금 전까지 아이가 앉아 있던 자리를 주혁에게 권했다.

"어서 와요."

아로가 창밖을 바라봤다.

"오늘 새벽에 그가 나갔더군요."

"네. 제가 배웅했습니다."

"우린 어릴 때 친구였어요. 민지까지 넷이서요. 아!"

아로가 쓴웃음을 지었다.

"한 명 더 있었지만 그 이름을 얘기해서는 안 되겠군요. 이해해 주세요."

떠나기 전 민섭에게서 그 이름을 들었던 주혁은 한숨을 쉬었다.

"압니다."

전수자가 되는 순간 이전의 모든 임무와 관계는 잊어야 한다. 오로지 전수자의 일에만 집중해야 한다. 주혁은 아로가 후계자가 되고 돔으로 올라간 이후 가끔씩 창밖을 슬픈 눈으로 내다보던 걸 떠올렸다. 주혁의 생각을 읽었는지 아로가 싱긋 웃었다.

"그때가 엊그제 같았는데 말이죠. 무슨 일로 날 찾아온 건가요?"

"창조자가 왜 이곳으로 왔는지 궁금해서요."

"운명의 그날 이후에 생존한 사람들이 이곳으로 왔어요. 창조자와 전수자가 또래 아이들을 데리고 왔다고 들었습니다."

"도시에서 빠져나와서요?"

주혁의 물음에 아로가 고개를 끄덕였다.

"혼란스러웠다고 했어요. 수많은 좀비들이 사람들을 공격하면서 끔찍한 살육과 파괴가 벌어지고 아비규환의 날들이 이어졌다고 하네요."

"창조자는 어떻게 그들을 피해서 이곳까지 온 건가요?"

"기록에는 미리 준비되어 있었다고 나와 있어요. 다들 믿지 않았고 심지어 방해까지 했다고 하는 걸 보면 쉽지 않은 여정이었던 모양이에요. 사실 이 천문대는 우리들이 지내기에는 최적의 장소예요. 시내에서 벗어나 있어서 좀비들의 왕래를 피할 수 있으면서도 비교적 도시 가까운 곳에 위치해 있어서 필요한 것들을 구할 수 있으니까요."

"우린 열아홉 살 생일이 되면 왜 좀비로 변합니까?"

단도직입적인 질문에 아로는 가볍게 고개를 저었다.

"저도 모릅니다. 십여 년 전에 고등학생들 중 일부가 원인 모를 발작을 일으켜서 다른 사람들을 공격한 것이 시작이었죠. 원인은 당시에도 밝혀지지 않았어요. 그래서 사람들은 공포감에 휩싸였죠."

"그게 시작이었다고요?"

"두려워진 어른들은 그렇게 발작을 일으킨 특정 연령대의 청소년들을 모두 격리했답니다. 하지만 그걸로 세상이 멸망하는 걸 막지는 못했죠."

"그때 무슨 일이 일어난 겁니까?"

"세상이 바뀌었다고만 나와 있어요."

"도시에 나가 보면 한때 엄청 많은 사람이 그곳에 살았던 흔적을 볼 수 있습니다. 그런데 그 사람들이 한순간에 좀비로 변해 버리고 우리들만 살아남았다는 게 이해되지 않아요."

마른침을 삼킨 주혁의 물음에 전수자 아로는 안타까운 표정을 지었다.

"사실 초대 전수자가 그 기억들을 정리해 놓았습니다. 하지만 사람들이 큰 충격을 받을 수 있으니까 공개하지 말라는 말도 적어 뒀어요. 제가 해 줄 수 있는 얘기는 이 정도밖에는 없어요. 많이 답답하다는 건 알지만 규칙은 규칙이니까요."

"어쨌든 우리는 망가진 세상에 살고 있는 셈이군요."

"삶은 선택이 아니니까요. 제가 전수자가 된 것도 마찬가지고요."

아로의 말에 주혁은 예전의 일을 떠올렸다. 전수자가 되면 일을 하지 않아도 되기 때문에 다들 후계자가 되기를 바랐다. 하지만 당시 전수자는 조용히 지내던 아로를 후계자로 뽑았다. 짐을 챙겨서 돔으로 올라가던 아로가 고개를 돌려서 절친하게 지냈던 자신과 민섭, 그리고 민지를 봤을 때의 눈빛을 아직도 기억한다. 주혁이 물었다.

"이 세상에는 우리밖에 없습니까?"

"초창기에는 살아남은 집단이 몇 개 있었다고 들었어요. 하지만 우리처럼 준비하지 않았기 때문에 곧 사라지고 말았죠.

생존자들 중 일부는 합류했고요. 생존자들이 있을 수 있다는 기대 때문에 이 건물의 옥상에 커다랗게 구조 신호를 그려 놓았다고 해요. 하지만 그것도 없앴죠."

"창조자가 이후에도 생존자들을 이곳으로 데려왔다는 얘기는 들었습니다."

"많은 역경과 고난이 있었다고 해요. 그리고 처음에는 왜 변하는지 이유를 알 수 없어서 이곳에 자리를 잡았어도 문제들이 발생했었다고 하더군요. 그래서 새벽이 되면 일어나서 이곳을 나가야 하는 규칙이 정해졌답니다."

"우린 언제까지 이렇게 살아야 합니까?"

"창조자가 그 답을 찾기 위해서 멀리 떠났다고 해요."

"하지만 아직까지 돌아오지 않았죠."

냉담한 주혁의 말에 전수자 아로는 일어나서 종이들이 쌓여 있는 곳으로 갔다. 그중 아주 낡고 오래된 종이를 꺼냈다.

"그는 반드시 돌아온다고 얘기했어요. 그때까지 살아남아야 한다는 얘기를 남겼죠. 살아남는 것은 우리들에게 주어진 신성한 의무입니다. 우리는 좀비가 아니니까요."

"저는 몇 달 후면 그 의무를 지지 않아도 됩니다."

"저도 내년 봄에는 마찬가지예요."

아로는 구석에 앉아서 책을 읽고 있는 후계자를 슬픈 눈으로 바라봤다. 주혁은 답답한 마음을 달래려고 아로를 찾아왔지만 별다른 위안이 되지 않았다. 그런 주혁의 속마음을 알아챘는지 아로가 위로하는 눈빛을 보냈다.

"얼마나 남았죠?"

"넉 달 남았습니다."

"아쉽네요. 하지만 우리는 당신을 기억할 겁니다."

"우린 계속 이렇게 살아야 합니까?"

주혁의 물음에 아로가 고개를 끄덕였다.

"창조자가 답을 찾기 위해 떠난 다음 남은 사람들도 창조자를 기다리면서 살아야만 했습니다. 그래서 이곳을 안전하게 만들고 규칙을 정했죠. 열아홉 살 생일날, 새벽이 되면 일어나서 이곳을 나가야 하는 규칙도 떠나기 전에 그가 만들었고요. 창조자는 원인을 찾기 위해 떠난 것입니다. 우리는 원인을 찾을 때까지 계속 이렇게 살아갈 거예요."

주혁은 답답한 마음에 한숨을 크게 쉬었다. 그때 계단을 밟고 누군가 올라오는 소리가 들렸다. 고개를 돌리자 성욱이 당황한 얼굴로 서 있었다.

"무슨 일이야?"

"저, 정문으로 좀 나가 보세요."

"왜?"

"그, 그게 가서 직접 보셔야 할 것 같아요."

성욱은 얼버무리며 뒤통수를 긁었다. 주혁은 계단을 내려와서 건물을 나오자마자 정문 주변에 아이들이 몰려 있는 것을 보았다.

“왜들 모여 있어?”

주혁이 다가가면서 물었지만 그 누구도 선뜻 대답하지 않았다. 다만 그에게 길을 내줬을 뿐이다. 정문 가까이 다가간 주혁은 문틈 사이로 좀비가 서 있는 걸 봤다. 집 주변에 좀비가 나타나면 보이는 대로 없앴고 올라오는 길 곳곳에는 함정들이 있기 때문에 여기까지 나타나는 경우는 극히 드물었다. 그렇다 해도 아이들이 겁을 먹거나 주저할 이유는 없었다.

“대체 무슨…….”

주혁은 정문 옆의 망루로 서둘러 올라갔다. 정문 밖에서 서성거리는 민섭이 보였다. 옷차림은 그대로였지만 얼굴은 달라졌다. 기괴하게 비틀어진 입과 탁한 회색빛 눈동자, 그리고 팔다리가 꺾인 몸은 이제 그가 민섭이 아니라는 사실을 말해 줬다. 망루에 주저앉은 주혁이 소리쳤다.

“야! 북쪽으로 멀리 간다며, 그랬으면 돌아오지 말아야지.”

주혁의 절규를 들었는지 민섭이 고개를 들어서 망루를 바라봤다. 그리고 입을 벌려서 기괴한 소리를 냈다. 새가 지저귀는 소리 같기도 하고 동물의 울음소리 같기도 한 그 소리는 천문대 주변에 울려 퍼졌다. 주혁이 고개를 들었다. 좀비는 시력과 청력이 모두 약해지지만 자기들끼리 가끔 소리를 주고받기도 했다. 그리고 좀비가 내는 소리는 아주 멀리까지 퍼져서 다른 좀비들을 불러오곤 했다. 그대로 놔뒀다가는 좀비들이 몰려올 수도 있다. 서둘러 망루를 내려온 주혁은 서 있는 아이들 중 한 명이 들고 있던 창을 뺏어 들었다.

"문 열어!"

성욱과 다른 아이들이 빗장을 풀고 문을 열었다. 주혁은 양손으로 창을 움켜잡은 채 밖으로 나갔다. 이런 순간이 올 것이라고는 한 번도 상상하지 않았지만 망설일 수는 없었다. 좀비들이 소리를 듣고 몰려오면 이곳이 위험해지기 때문이다. 서둘러 문이 닫히는 소리가 들리는 가운데 주혁의 마음은 한없이 가라앉았다. 심호흡을 하며 이를 악물고 민섭을 향해 창을 겨눴다. 그러나 차마 찌를 수는 없었다. 그사이 민섭이 다가왔다. 그러고는 흔들리는 창끝에 자신의 가슴을 갖다 댔다. 좀비들은 뭐가 위험한지 인지하지 못해서 함정에 빠지거나 휘두르는 칼날에 스스럼없이 다가왔다. 하지만 좀비로 변한 민섭은 정확하게 자신의 가슴팍에 창끝이 박히도록 했다. 창날이 서걱거리면서 뼈와 살을 가르는 소리를 냈다. 주혁은 눈을 질끈 감고 창대를 쥔 손에 힘을 준 채 앞으로 내밀었다. 창날이 가슴을 완전히 관통하자 민섭은 신음 소리도 내지 못하고 축 늘어졌다. 그리고 주혁이 창대를 뽑자 스르륵 바닥에 누웠다. 창을 내동댕이친 주혁은 민섭의 머리맡에 털썩 무릎을 꿇었다. 원래대로라면 목을 잘라서 확실히 처리해야 했지만 차마 그럴 수 없었다. 그의 마음을 눈치챘는지 동료들 몇 명이 나와서 민섭의 시신을 질질 끌고 사라졌다.

"민섭아! 미안하다. 정말 미안해."

밖으로 나온 아이들이 울고 있는 주혁을 데리고 들어갔다. 끌려 들어온 주혁은 절규했다.

"우린 왜 이렇게 살아야만 하는데!"

6장

탈출

규빈은 학교에 수용된 지 닷새 만에 탈출을 결심했다. 세상은 날이 갈수록 살벌해졌다. 안양에서는 학교에 수용된 학생이 발작을 일으켜서 다른 사람들을 공격했는데 경찰이 교문을 막고 아이들을 못 나가게 해서 열 명이 넘는 사망자가 발생했다. 그것도 뉴스에는 보도되지 않고 SNS에서 현장 사진과 함께 퍼졌다. 세상은 학교에 갇힌 아이들을 아예 없는 존재로 취급했고, 수용을 거부하고 해외로 나간 고등학생 아이돌들을 비난하는 목소리만 높았다. 책임자와 관계자들이 뉴스에 나와서 입씨름을 벌이기는 했지만 해결책이 나오지는 않았다. 어느 시민 단체 출신의 패널이 애초에 원인이 뭔지 몰랐으니 답이 나올 리가 없다고 우울한 목소리로 얘기했다.

점심으로 나온 빵과 우유를 먹은 규빈은 삼삼오오 모여 걱정하는 아이들을 지나서 교무실로 향했다. 교무실은 힘깨나 쓰는 애들이 장악한 상태였고 교장실은 세창 형이 차지했다. 규빈은 교장실 문을 열고 들어갔다. 커다란 가죽 의자에 앉아 있던 세창 형은 규빈을 보고 피식 웃었다.

"결심했냐?"

"이러다가는 미쳐 버릴 것 같아서요."

"세상이 미쳐 놀아가잖아. 다른 학교 일진들이랑 연락 중인데 상황이 골 때리게 돌아간다."

"어떻게요?"

"우리를 깊은 산속으로 보낸대."

"진짜로요?"

규빈의 반문에 세창 형은 스마트폰을 들어 보였다.

"아는 애 아빠가 이번 사태를 처리하는 대책 위원회에서 일하는데 이런 말을 했대. 학생들을 도시 한복판에 놔두면 언제 발작을 일으켜서 뛰쳐나와 사람들을 해칠지 모른다고. 그래서 멀리 보내야 한다는 의견이 나왔대."

"어디로요?"

"강원도에 있는 군대 막사. 빠르면 다음 주부터 보낸다고 하더라."

"맙소사. 다들 미쳤네요."

"미쳤지. 진짜!"

"계획이 뭐예요?"

규빈의 물음에 세창 형은 일어나서 창가로 향했다. 그리고 운동장에서 웅성대는 아이들을 바라봤다.

"쟤들을 이용하려고."

"어떻게요?"

"다들 불만이 가득하잖아. 거기다가 강원도로 보낸다는 말을 들으면 어떨 거 같아?"

"가만 안 있겠죠."

"맞아. 쟤들을 이용해서 데모를 할 거야. 우리를 풀어 달라고 말이야."

규빈은 걱정하는 말투로 물었다.

"밖에 경찰들이 쫙 깔렸는데 괜찮겠어요?"

"당연히 경찰들이 막겠지. 우린 그때를 틈타서 빠져나갈 거야."

비로소 세창 형의 계획을 알아차린 규빈의 얼굴이 일그러졌다.

"지금 친구들을 방패 삼아서 도망치겠다는 말이에요?"

"어차피 다 데리고 나가는 건 불가능해. 우리가 갈 해마루 천문대도 그렇게 큰 편은 아니라서 말이야."

계획을 들은 규빈은 입을 다물었다. 세창 형이 그런 규빈의 어깨를 툭 쳤다.

"각자 살아남아야 하는 세상이야. 넌 현철이랑 친했으니까 내가 특별히 끼워 주는 거야."

"언제 할 건데요?"

"작업은 오늘부터고 실행은 내일이야. 그때까지 입 다물고 모른 척해. 일이 새 나가면 너라고 생각할 거니까."

"알겠습니다."

복도로 나온 규빈은 스마트폰을 충전하기 위해 줄 서 있는 아이들을 봤다. 힘이 세고 일진에 가까운 아이들은 느긋하게 충전을 하는 반면, 그렇지 못한 아이들은 눈치를 보며 충전을 했다. 오 분만 넘겨도 뒤에서 욕설이 나왔기 때문이다. 나머지 아이들은 교실에서 자거나 운동장에서 공을 차고 놀았다. 하지만 그 어디에서도 생기를 찾을 수는 없었다. 학교 담장은 그사이 더 높아져서 바깥이 거의 보이지 않았다. 교문 밖에는 아예 바리케이드가 쳐졌고 경찰뿐만 아니라 총을 든 군인들도 보였다.

며칠 지나자 자식들을 보기 위해 부모들이 찾아왔지만 아주 특별한 경우가 아니고는 면회가 불가능했고 담장 사이를 두고 이야기를 나눌 수 있는 정도만 허락됐다. 규빈은 엄마가 있는지 살펴봤지만 이번에도 보이지 않았다. 발길을 돌려 교실로 들어가는 척하면서 소각장으로 향했다. 담장 밖에서 기다리고 있던 장헌준 기자가 손을 번쩍 들었다.

"여기야."

규빈이 가까이 다가가자 장헌준 기자가 스마트폰 보조 배터리를 건넸다.

"완충한 거다."

"고맙습니다."

"안쪽 상황은 어때?"

"폭발 직전이에요. 다들 모여서 얘기들을 나누고 있는데 가만히 있어서는 안 된다고들 해요."

"들고일어나려고?"

규빈은 잠시 입조심하라는 세창 형의 말이 떠올라서 에둘러 대답했다.

"말은 그렇게 나오고 있어요."

"안양에 있는 학교에서는 오늘 오전에 데모가 일어났어. 학생들을 풀어 주자는 시위대가 교문을 넘어가려고 했거든."

"어떻게 됐어요?"

"경찰과 군인들이 발포해서 부상자가 발생했어."

"진짜로 쏜 거예요?"

규빈이 놀란 표정으로 묻자 장헌준 기자가 고개를 끄덕였다.

"그리고 자기 집에 몰래 숨겨 둔 아들이 발작을 일으켜서 보건복지부 고위 관계자 일가족이 몰살당했어. 도시 말고 지방에 수용이 안 된 아이들이 발작을 일으켜서 주변 사람들을 공격하는 사례도 나왔고 말이야. 미국이랑 유럽도 아수라장이야. 조만간 계엄령을 선포할지도 모른다는 소문이 있어."

"세상이 미쳐 돌아가네요."

"지금까지 엄청나게 많은 사망자가 나왔으니까 그렇지. 호흡기로 전염된다는 소문이 돌면서 다들 외출을 자제하고 있다."

"그러면 언제 풀려날 지도 모르는 상황이네요."

"정부는 매일 대책 회의를 연다고 하지만 원인을 모르는데 어떻게 치료 방법을 찾겠어. 그래서 멀리 보내려고만 하잖아."

"그 얘긴 저도 들었어요. 아마 그랬다가는 아이들이 전부 들고일어날 거예요."

"그래서 군대를 동원한다는 얘기가 있어."

"우리를 완전히 범죄자 취급하고 있군요."

규빈이 고개를 절레절레 흔들자 장헌준 기자가 혀를 찼다.

"나라가 어떻게 돌아가는지 모르겠다. 아무튼 무슨 일 생기면 바로 연락해."

"기자님도 무슨 일 생기면 바로 연락 주세요."

"그래. 꼭 살아남아라."

장헌준 기자가 건네준 보조 배터리를 연결하자 스마트폰이 다시 살아났다. 수십 통의 부재중 전화와 문자가 와 있었다. 기다렸던 엄마였다. 그러나 엄마가 보낸 문자는 다소 충격적이었다.

규빈아. 엄마는 외삼촌이 있는 영월로 간다.
서울은 무슨 일이 터질 것 같아서 너무 무섭다.
나오게 되면 연락해라. 바로 갈게.

규빈은 생각지도 못한 내용에 멍했다. 엄마의 영월행이 이해가 안 간 것은 아니지만 버림받았다는 선명한 느낌을 지우기 어려웠다. 한동안 멍하게 서 있던 규빈은 정신을 차리고 시아에게 괜찮냐고 문자 메시지를 보냈다. 하지만 시아도 스마트폰 배터리가 방전됐는지 답장이 오지 않았다.

규빈은 스마트폰과 보조 배터리를 주머니에 넣고 학교 건물로 걸어가다가 본관 입구에서 아이들이 모여 웅성거리는 것을 봤다. 가까이 다가가 보니 본관 유리문에 대자보가 붙어 있었다. 여기에 가둔 어른들의 말을 믿지 말고 우리끼리 대책을 세워야 한다고 적혀 있었다. 그리고 내일 강당에 모여서 대책 회의를 열자고 했다. 검은 매직으로 휘갈겨 쓴 글씨 곳곳에는 분노와 좌절이 느껴졌다. 모여든 아이들은 격앙된 목소리로 가만있어서는 안 된다는 말을 주고받았다.

규빈은 이런 움직임 속에서 세창 형의 말이 떠올랐지만 조용히 교실로 올라갔다. 교실에는 할 일을 못 찾은 애들이 햇빛이 드는 창가에 엎드려서 잠을 자거나 책상을 몇 개 붙여서 그 위에 누워 있었다. 규빈은 자리에 앉아 가방을 베개 삼아

잠을 청해 보려고 노력했다.

다음 날 아침 식사를 도시락으로 때운 아이들은 강당으로 속속 모여들었다. 연단에는 머리띠를 두른 아이들 몇 명이 벌써 서 있었다. 규빈은 본능적으로 세창 형을 찾았다. 세창 형은 패거리들을 데리고 이 층에 자리 잡았다. 규빈과 눈이 마주치자 세창 형은 씩 웃어 보였다. 아이들이 모두 모이자 확성기 켜는 소리가 들렸다. 확성기를 든 사람은 아가리라고 불리는 동급생 유용민이다.

"여러분! 지금 어른들은 우리를 이곳에 가뒀습니다. 처음에는 며칠만 있으면 해결책을 찾아 준다고 했습니다. 하지만 일 주일이 다 되어 가는데 나 몰라라 방치하고 있습니다. 그리고 이제는 한술 더 떠서 우리를 깊은 산속으로 보내 버린다고 합니다. 우리가 너무 위험하다고 말입니다. 우리가 발작을 일으킨 것도 아닌데, 제대로 된 치료도 하지 않으면서 무조건 가두고 있습니다. 이러다가는 죽을 때까지 이곳에 갇혀서 가족도 못 만나고 지낼 겁니다."

팔짱을 낀 채 얘기를 듣던 규빈은 속으로 말발 하나는 끝내준다고 생각했다. 군데군데 섞여 있던 세창 형의 패거리가 분위기를 잡았고 주변 아이들의 눈에 핏발이 섰다. 그럴 만도 했다. 민욱이 갑자기 발작을 일으켜서 친구들을 위협하고, 그 상황을 직접 겪었으니 말이다. 하지만 어른들은, 아니 세상은 학생들을 위험한 존재로 생각했다. 며칠 동안 갇혀 있던 아이들의 마음속에는 불만이 쌓여 갔다. 이제 불씨만 던지면 타오를 정도로 커졌다.

단상에서 내려온 유용민이 주먹을 머리 위로 치켜들며 강당을 빠져나갔다. 그 뒤를 아이들이 따라갔다. 어지럽게 구호들이 오가는 가운데 지켜보던 아이들까지 합세하면서 숫자는 늘어났다. 학생들이 운동장으로 나가는 걸 본 세창 형이 몸을 일으켰다. 학생들은 트랙을 한 바퀴 돌면서 구호를 외쳤다. 뒤따라간 규빈은 교문을 바라봤다. 오전에는 보이지 않던 커다란 콘크리트 장벽 같은 것이 교문 앞을 완전히 가로막았다. 사람 키보다 훨씬 커서 바깥세상이 보이지 않았다. 학생들 수백 명이 모여 구호를 외치고 소리를 질러도 바깥에서는 별다른 반응이 없었다. 지켜보는지 겁먹고 도망친 건지 알 수 없지만 학생들은 더 크게 소리쳤다. 그 광경을 지켜보던 세창 형은 득의양양하게 웃었다.

"생각대로 일이 잘 풀리네."

"이러다 다치는 사람 생기면 어떡해요?"

"쫄기는……."

규빈을 실컷 비웃은 세창 형이 교문으로 걸어갔다. 그사이 유용민은 기세를 떨치며 외쳤다.

"우리는 교문을 부수고 나가서 자유를 찾아야 합니다."

학생들이 함성을 지르며 교문으로 달려갔다. 그리고 굳게

닫힌 교문을 넘어가려고 애썼다. 서로 받쳐 주고 올려 주면서 교문을 넘기 시작하자 지켜보던 아이들도 다들 마음이 급해졌는지 달음박질쳤다. 때마침 밖에 있던 부모들도 그걸 보고 달려왔다. 교문을 지키던 경찰들은 난감해했다. 아이들이 개미 떼처럼 교문을 넘는 걸 본 세창 형은 패거리와 함께 뒷문으로 향했다.

"따라와."

"쟤들은요?"

"알아서 할 거야. 지금 나가지 않으면 못 나갈지도 몰라."

주저하던 규빈은 세창 형과 패거리를 따라 뒷문으로 향했다. 주차장 뒤편에 있는 뒷문은 골목길 쪽으로 나 있어서 거의 이용하지 않았다. 물론 이곳도 철판과 철조망이 설치되어 있었다. 세창 형과 패거리는 챙겨 둔 공구들을 꺼냈다.

"이거 어디서 난 거예요?"

"창고에 있는 걸 챙겼지. 교무실에 열쇠 있더라."

세창 형과 패거리가 공구로 철조망을 끊고 철판을 잘라 내는 동안 규빈은 계속 교문을 바라봤다. 최악의 경우 총소리가 들릴 수 있을 거라고 생각했는데 나가자는 함성 소리만 들려왔다. 그나마 다행이라고 생각한 규빈은 세창 형과 패거리가 뚫어 놓은 구멍을 통해 밖으로 나갔다. 정면에 높다란 축대가 있는 막다른 골목길은 고요했다.

"개꿀."

신이 난 세창 형과 패거리가 주변을 살펴보더니 왼쪽으로 내달렸다. 규빈은 그들과 함께 가는 게 썩 내키지 않았지만 다른 방법이 없어 열심히 따라갔다. 골목길 끝의 바리케이드가 쳐져 있었고 그 뒤로는 경찰차 두 대가 엇갈리게 막아서고 있었다. 가까이 다가가자 세창 형의 목소리가 들렸다.

"넘어가! 머릿수로 밀어붙여!"

바리케이드 뒤에는 경찰들이 있었지만 별다른 반응을 보이지 않았다. 그래서인지 패거리 중 몇 명이 바리케이드를 넘어서 경찰들에게 다가갔다. 그 순간, 경찰이 제일 앞장선 패거리를 덮쳤다. 하지만 동작이 너무 어설프고 기괴했다. 다른 경찰이 비슷한 동작으로 다른 아이를 공격했다. 뭔가 이상하다는 걸 느낀 세창 형과 패거리는 멈칫했다. 그사이 쓰러진 패거리 중 한 아이가 비명을 질렀다.

"사, 살려 줘!"

"겨, 경찰들이 미쳤나? 왜 저러는 거야."

세창 형이 당황하며 말했다. 규빈은 경찰들의 눈을 보고는 입을 다물지 못했다. 민욱의 탁한 회색빛 눈동자와 너무나 닮았기 때문이다. 경찰들은 짐승처럼 네발로 기어오기 시작했다. 세창 형과 패거리는 기괴하고 공격적인 경찰들의 모습에 허둥거렸다. 거기다 더 심각한 상황이 벌어졌다. 경찰에게 물린 그 아이도 바리케이드를 넘어 다른 아이들을 물어뜯기 시작했다. 규빈은 믿기지 않는 광경에 발이 얼어붙고 말았다. 패거리를 떠밀며 도망치려고 했던 세창 형도 결국은 변해 버린 경찰에게 붙잡혔다.

"이거 놔!"

세창 형은 발버둥을 치며 경찰들에게 파묻히면서 끔찍한 비명을 질렀다. 경찰들에게 물리면서 변해 버린 패거리도 가세하면서 세창 형의 모습은 보이지 않았다. 규빈은 정신을 차리고 황급하게 뒤돌아 뛰었다.

머릿속이 복잡했지만 깊게 생각할 틈이 없었다. 한창 도망치던 골목길 맞은편에서도 사람들의 모습이 보였다. 창백한 얼굴과 기괴한 몸짓은 멀리서 봐도 정상으로 보이지 않았다. 규빈은 걸음을 멈추고 뒷걸음질을 쳤다. 하지만 뒤쪽은 변해 버린 경찰과 패거리가 온몸에 피를 묻힌 채 걸어오고 있었다. 규빈은 다시 뒷문 구멍에 섰다. 규빈이 발만 동동 구르는 사이 그들은 양쪽에서 점점 거리를 좁혀 왔다. 학생과 학교를 지키던 경찰은 물론 어른들도 보였다. 정신없이 도망칠 곳을 찾던 규빈은 정면에 있는 축대로 뛰어갔다. 가까이 다가가자 축대의 위아래에 연결된 플라스틱 배수관이 눈에 들어왔다. 중간중간 쇠로 만든 연결 고리가 축대에 고정되어 있어서 붙잡고 올라갈 수 있을 것 같았다. 이판사판이라는 심정으로 배수관에 매달린 규빈은 쇠로 된 연결 고리를 조심스럽게 밟으면서 위로 올라갔다. 하지만 녹슬고 부식되어 밟자마자 부러지고 말았다.

"젠장!"

황급히 플라스틱 배수관을 붙잡았지만 역시 사람을 지탱할 정도로 견고하지는 않았다. 배수관이 빠직 하며 부러지는 소리가 들리자 규빈은 마지막으로 축대에 매달렸다. 화강암에 시멘트를 바른 터라 손가락으로 겨우 붙잡고 매달릴 정도였다. 바들바들 떨면서 축대에 매달린 규빈은 안간힘을 쓰면서 위로 올라갔다. 아래는 보지도 않았지만 잔뜩 몰려든 그들은 규빈이 떨어지기만을 기다리는 것 같았다.

"절대로, 절대로 그럴 수 없어."

이대로는 끝낼 수 없다는 생각에 규빈은 이를 악물고 조금씩 위로 올라갔다. 마침내 난간을 잡은 다음 안도의 한숨을 쉬었다. 새로 페인트칠을 해서 멀쩡해 보였지만 난간 역시 세월의 흔적으로 부식되어 흔들거렸다. 생각지도 못한 상황에 규빈은 축대 끝을 붙잡고 버텼다. 일부 부서진 조각들이 아래쪽에 모여 있던 그들 위로 떨어졌다. 축대 위에 겨우 올라간 규빈은 한숨을 몰아쉬었다.

축대 위쪽은 산자락까지 작고 낡은 집들이 쭉 이어져 있는 달동네였다. 한숨 돌리고 난 규빈은 그제야 도시 전체가 아수라장으로 변한 걸 보았다. 여기저기에서 불길이 치솟고, 경찰차와 구급차의 사이렌 소리가 메아리처럼 들려왔다.

"이게 어떻게 된 거지?"

아무리 봐도 믿기지 않는 상황이었다. 멍한 눈으로 도시를 바라보던 규빈은 머리 위에서 들리는 낯선 소리에 고개를 들었다. 초승달 옆으로 뭔가 떨어지는 것이 보였다. 그것은 커다란 여객기였다.

"아악!"

규빈은 머리를 감싸 안고 비명을 질렀다. 하지만 여객기는 규빈의 머리 위를 지나 주련산 근처 도시 입구에 떨어졌다. 떨어지면서 묵직한 폭음과 함께 버섯 모양의 불기둥이 높이 솟아올랐다. 폭발이 일어나면서 생긴 지진에 달동네의 집들이 들썩거렸다.

"맙소사! 이제 어떡해야 하지?"

규빈은 스마트폰을 꺼내서 엄마에게 전화를 했다. 하지만 신호음만 가다가 뚝 끊기고 말았다. 다시 통화 버튼을 누르려는데 가까이서 으르렁거리는 소리가 들렸다. 그들이 내는 소리와 비슷하다고 느낀 규빈은 서둘러 몸을 숨겼다. 그제야 이 달동네가 눈에 확 들어왔다.

달동네의 집들은 텅 비어 있었다. 담벼락과 대문에 붉은 페인트로 철거 예정이라는 글씨가 쓰여 있었다. 가만 생각해 보니 이곳은 재개발 예정 지구였다. 연초에 학교에서 공사 소음이 발생할 수 있다고 학생들을 동원해서 데모했을 때 끌려 나간 적도 있었다. 규빈은 야트막한 언덕길을 정신없이 올라갔다. 그런데 골목길 어귀에서 그들의 그림자를 봤다. 걸음이 빠른 것 같지는 않았지만 이제 마주친다면 피할 방법이 없었다.

규빈은 반쯤 열린 어느 집 대문으로 재빨리 들어갔다. 작은 마당이 있는 집은 유리창이 모두 깨져 있고 문짝도 떨어져 있었다. 두리번거리던 규빈은 문 옆에 있는 작은 창고 안으로 들어갔다. 벽에 바짝 붙어 바깥쪽에서 들려오는 소리에 귀를 기울였다. 다행히 안쪽까지 들어오지는 않았는지 기척이 없었다. 규빈은 벽에 기댄 채 한숨을 돌렸다. 그때 주머니 속에 있던 스마트폰이 시끄럽게 울렸다. 화들짝 놀란 규빈은 서둘러 끄려고 했다가 화면에 뜬 장헌준 기자의 이름을 보고는 전화를 받았다.

"기자님?"

"너 괜찮아?"

"겨우 빠져나왔어요. 대체 무슨 일이에요?"

전화기 너머 장헌준 기자 주변이 몹시 시끄러웠다. 그러고는 헐떡이는 숨소리가 들렸다.

"미안, 화장실로 도망치느라고 말이야. 오늘 아침부터 사람들이 이상해졌어."

"어떻게요?"

"사람들이 네 친구 민욱이처럼 변했어. 갑자기 발작을 하다가 탁한 회색 눈이 되어서는 다른 사람들을 덮치더라고."

"인터넷으로 뉴스를 봤을 때는 괜찮았는데요?"

"뉴스가 올라갈 틈도 없었어. 한두 명이 아니라 갑자기 그러는 통에 다들 어찌할 바를 모르고 있어."

"맙소사. 바깥이 더 난리였네요."

"아침에는 소수였는데 한두 시간 전부터 다들 이상해졌어."

"저도 아까 경찰이 이상하게 변하는 걸 봤어요."

"어떻게?"

"눈이 회색빛으로 바뀌었고 다른 사람들을 물어뜯었어요."

"거기도 그랬구나. 여기도 마찬가지야. 편집국장이 변한 건 속이 시원하지만 말이야."

"왜 변한 거예요? 진짜 좀비 아니에요?"

"난들 알까? 아까 편집국장은 코타놀을 먹고 난 다음에 변했어."

"코타놀요?"

규빈의 반문에 장헌준 기자가 대꾸했다.

"각성제라서 다들 먹는 거야."

장헌준 기자의 얘기를 들은 규빈은 문득 예전에 봤던 광경들이 떠올랐다. 검찰청에서 조용균 검사 맞은편에 앉은 남자가 먹은 약, 그리고 학교에 수용될 때 다리를 다친 황구라가 먹은 약. 그때 두 사람이 먹은 약이 담긴 약통은 작고 길쭉한 모양의 하얀 플라스틱 케이스였다. 그게 바로 코타놀이었던 것이다. 결국 어른들도 즐겨 먹었지만 학생들만 몰아세운 셈이었다. 국무총리의 회견에서도 기자가 그것을 지적했지만 무시당했다. 어처구니가 없어진 규빈이 화를 냈다.

"그럼 어른들도 먹는 건데, 코타놀 먹은 학생들이 발작했다는 이유로 우릴 가뒀다는 말인가요?"

"특정 연령대가 발작을 일으키니까 그런 거였지. 지금처럼 몽땅 이상하게 될 거라고 누가 생각이나 했겠어."

"대체 얼마나 먹은 건데요?"

"꽤 많이 먹었지. 솔직히 말하면 안 먹는 사람을 찾기가 더 힘들 거야. 일도 스트레스도 많으니까 말이야."

"젠장!"

"사실 상태는 더 심각해. 전염되는 걸 확인했어."

"저도 봤어요. 아까 경찰이 한 아이를 물었는데 똑같이 변했어요."

"시내는 지금 아수라장이야. 경찰이 출동했다가 물리면서 변했어. 서로 물어뜯고 난리도 아니다. 학교는 어때?"

장헌준 기자의 물음에 규빈은 아까 교문을 넘어가던 아이들이 떠올랐다. 벗어났다는 희망을 품었을 텐데 그들을 기다린 것은 끔찍한 괴물로 변한 어른들이었다.

"지금쯤 다들 공격을 받아서 변했겠네요."

혼란스러운 감정 탓에 오히려 목소리는 한없이 가라앉았다. 미칠 노릇이지만 마음 놓고 소리 지를 상황이 아니었다. 손으로 입을 막은 채 울음을 참는 규빈에게 장헌준 기자가 말했다.

"학교는 벗어난 거지?"

"멀리는 못 왔어요."

"그래도 잘했다. 어디 사람들 없는 곳에 짱 박혀 있어."

"이제 저는 어디로 가야 해요?"

"미, 미안하다. 그건 나도 잘 모르겠다."

"어른이면 책임을 져야 할 거 아니에요."

"미안해. 사실 나도 코타놀을 좀 좋아했어."

"뭐라고요?"

규빈의 물음에 장헌준 기자가 허탈하게 웃었다.

"효과가 좀 좋아야 말이지. 취재하고 기사 안 써지면 옆에 쌓아 두고 먹었어."

"말도 안 돼요."

"자업자득이지. 미안하다는 말밖에는 해 줄 얘기가 없다. 정말 미안한데 그래도 꼭 살아남아라."

"이런 세상에 살아남아서 뭐 해요."

"사람들은 이제 곧 물리거나 변할 거야. 믿기 어렵겠지만 학교에 수용된 아이들만 안전한 상황이야."

"그래 봤자 그들이 쳐들어오면 금방 끝장날 거예요."

"알아, 그래도 몇 명은 살아남겠지. 걔들을 데리고 멀리 도망쳐라. 어른들이 없……으아악!"

"기자님, 장헌준 기자님?"

변한 건지 아니면 좀비들에게 물린 건지 알 수 없지만 장헌준 기자는 비명 소리를 끝으로 대답이 없었다. 스마트폰을 떨어뜨린 규빈은 머리를 감싼 채 흐느껴 울었다. 그 와중에도 세상은 폭발음과 비명 소리로 가득했다.

규빈이 정신을 차린 것은 해가 저물 즈음이었다. 머릿속에 한 장소가 떠올랐다.

해마루 천문대.

세창 형이 얘기한 그곳이라면 산속인 데다가 비어 있기 때문에 안전할 것 같았다. 규빈은 그곳에 가야겠다는 생각에 몸을 일으켰다. 그리고 스마트폰을 챙기다 시아에게서 온 문자를 봤다. 도와 달라는 짤막한 문자였다. 규빈은 시아에게 바로 답장했다.

어디야?

금화여고 삼 층이야.

괜찮아?

안 괜찮아. 어른들이 변해서
학교로 들어왔어.

공격받은 거야?

애들이 거의 다 물리거나
창문에서 떨어져 죽었어.
나랑 몇 명만 교실에 짱 박혀 있어.

네가 있는 곳엔 안 들어왔어?

교탁이랑 책상으로 앞뒷문을
막았어. 좀비들이 복도를
돌아다니는 소리가 들려.

대충 상황을 파악한 규빈은 잠시 머뭇거리다가 문자를 보냈다.

내가 갈게.

어딘데?

학교 뒤 달동네. 주유소
사거리에 있는 그 학교 맞지?

응. 근데 거리에
좀비들이 잔뜩 깔려 있는데
어떻게 오려고?

해 지면 숨어서 갈게.

알겠어. 고마워.

규빈은 고개를 살짝 내밀어서 바깥을 살펴봤다. 다행히 별다른 기척은 느껴지지 않았다. 규빈은 한숨을 깊게 내쉬고 손으로 자신의 뺨을 치면서 정신 차리자고 중얼거렸다.

머릿속으로 금화여고까지의 거리를 계산했다. 다행히 자주

가는 카페 근처라서 위치는 정확하게 알고 있었다. 하지만 변해 버린 어른들이 거리에 진을 치고 있어서 다른 길을 찾아야만 했다.

주유소 뒤쪽으로 가는 방법과 큰길을 가로질러 가는 방법을 고민하는 사이 해가 거의 지고 있었다. 보통 때였다면 상가의 간판과 아파트의 불빛으로 대낮처럼 환했겠지만 지금은 온통 어둠뿐이었다. 그래서 저 멀리 여객기 떨어진 곳에서 피어오르는 불길은 더 선명하게 보였다. 게다가 총소리까지 들리면서 분위기는 더 음산해졌다. 아까 기어 올라온 축대까지 조심스럽게 접근한 규빈은 축대 아래에서 여전히 서성거리는 좀비들을 봤다. 양복 혹은 등산복 차림으로 어슬렁거리고 있었다. 해가 진 뒤라 어두워서 잘 보이지는 않았지만 온몸에 피를 묻힌 채 희생양을 찾아다니는 게 분명했다.

규빈은 좀비들끼리 부딪혀서 넘어지거나 비틀거리는 걸 보면서 용기를 냈다. 그저 조심하기만 하면 괜찮을 것 같았다. 축대를 따라 걸어가던 규빈은 시내로 내려가는 계단을 발견했다. 좁은 계단 아래에는 좀비들이 득실거렸다. 규빈은 심호흡을 하고 천천히 계단을 내려갔다. 그리고 계단 중간쯤에 큼지막한 돌을 집어서 좀비들 뒤편으로 멀리 던졌다. 돌이 바닥에 떨어지면서 나는 메마른 소리가 어둠 속에 울려 퍼졌다. 그러자 서성거리던 좀비들이 소리가 난 쪽으로 일제히 몰려갔다. 그 틈에 계단을 내려간 규빈은 천천히 걸어가서 학교 담장에 바짝 붙었다. 어둠에 기댄 채 큰길까지 나가는 동안 좀비들이 두 번 정도 코앞을 스쳐 지나갔지만 어두워서 눈치채지 못했다. 담 모퉁이에 서서 한숨을 돌리는데 등 뒤에서 부스럭거리는 소리가 들렸다.

"누, 누구야!"

"규빈이니? 나 용민이야."

고개를 돌리자 학교를 둘러싼 철판 사이의 작은 틈새로 용민의 모습이 흐릿하게 보였다. 규빈은 용민이 제일 앞장서서 교문을 넘어가던 모습을 보고 살아 있을 것이라고는 생각지도 못했다.

"괜찮아?"

"아까 교문을 넘어가는데 분위기가 심상치 않더라고, 그래서 도로 넘어왔지. 그대로 농구장 뒤 창고로 가서 짱 박혔어."

"딴 애들은?"

"경찰들한테 다 물어뜯겼어. 아주 잘근잘근 씹더라. 왜 그런지 알아?"

"그들도 코타놀을 먹었대. 그래서 변한 것 같아."

"세상이 아주 미쳐 돌아가네. 전화도 안 터지고 문자도 안 돼."

"지금 세상이 개판인데 그딴 게 되겠어?"

"하긴, 근데 이제 어쩌지?"

"나도 몰라."

"넌 어디로 가던 중인데?"

"따라오려고?"

"저 괴물들 없는 곳이라면 따라가지."

"금화여고."

규빈의 얘기를 들은 용민이 혀를 찼다.

"거긴 역 근처잖아."

"따라오지 않을 거면 그냥 짱 박혀 있어."

"교문 다 무너졌단 말이야. 창고 문짝은 다 낡아서 발로 차면 부서질 것 같아."

규빈은 담장에 기댄 채 계속 말했다.

"어두워지면 좀비들이 앞을 잘 못 보는 것 같아. 그러니까 여기 있다가 나와서 주련산 중턱에 있는 공원에서 만나."

"거기는 왜?"

"싫으면 그냥 있든가."

규빈이 자리를 뜨려고 하자 용민이 서둘러 말했다.

"알았어. 시키는 대로 할게. 근데 너 진짜 금화여고 갈 거야?"

"응. 시아가 거기 있어."

"그렇게 안 봤는데 엄청 용감하네. 알았어. 다른 애들이랑 거기로 가 있을게."

"몇 명이나 있는데?"

"대충 스무 명 정도."

"이따 보자."

자리를 뜨려는 규빈에게 용민이 철판 틈으로 손을 내밀었다.

"꼭 돌아와라. 기다리고 있을게."

규빈은 용민의 손을 살짝 잡은 뒤 어둠 속으로 천천히 걸어갔다.

거리는 참혹했다. 도로는 피범벅이었고 군데군데 죽은 사람들의 신체 부위가 이리저리 흩어져 있었다. 좀비들의 공격으로 팔이나 다리 혹은 몸통이 분리된 것이다. 그나마 밤이라 희미한 실루엣만 보여 덜했지만 환한 대낮이었다면 목을 붙잡고 오바이트했을 게 분명했다. 도로에는 차들이 줄줄이 붙어 있는 게 마치 마트의 카트를 겹쳐 놓은 것처럼 보였다. 충돌로 화재가 나서 까맣게 변했지만 연기와 불길이 아직도 피어오르고 있었다. 조심스럽게 지나가던 규빈은 안전벨트를 맨 채 타 버린 시신이 갑자기 고개를 번쩍 들자 놀라서 허둥거리다가 넘어져 큰 소리를 내고 말았다. 그 바람에 주변에 있던 좀비들이 일제히 고개를 돌렸다.

"젠장!"

규빈은 금화여고가 있는 주유소 사거리로 달렸다. 중간에 좀비들이 튀어나오기는 했지만 어두운 탓인지 자기들끼리 엉켰다. 중간 중간 세워진 자동차 보닛을 넘어가던 규빈은 흠칫 놀랐다. 폭발이 있었는지 주유소가 불바다가 되어 주변을 환하게 밝히고 있었다. 설상가상으로 주유소 부근에서 불이 붙은 채 어슬렁거리던 좀비들이 규빈을 바라봤다.

"어, 어쩌지!"

당황해서 이리저리 살펴보던 규빈의 눈에 자동 세차장이 들어왔다. 뒤도 돌아보지 않고 그곳으로 뛰어가서 가림막을 제치고 안으로 들어갔다. 벽과 천장에는 세차용 롤러가 붙어 있었고 바닥은 타일이었다. 세척액과 물기 때문에 미끄러워서 균형을 잡기가 어려웠다. 규빈은 고무 다발이 붙은 세차용 롤러 아래에 몸을 숨겼다.

잠시 뒤 상반신이 반쯤 탄 좀비가 안으로 들어섰다. 타지 않은 바지 부분을 보니까 정비복이었다. 주유소 뒤편에 정비소가 있는데 그곳 직원 같았다. 좀비가 되었어도 자기 일터에서 서성거리고 있는 것이었다. 정비공 좀비한테서 지독한 탄내가 나기 시작했다. 규빈은 들키지 않기 위해 손으로 입을 막았다. 다행히 정비공 좀비는 규빈이 있는 곳을 지나쳐 출구로 향했다. 한숨 돌린 순간, 정비공 좀비는 미끄러운 바닥 때문에 균형을 잃고 넘어지고 말았다. 뒷머리가 깨지는 소리가 들리면서 축 늘어졌다. 안도의 숨을 쉬려는 찰나, 다른 정비공 좀비가 안으로 들어섰다. 그리고 주변을 두리번거리다가 규빈과 눈을 마주쳤다. 당황한 규빈은 벌떡 일어나다가 세차용 롤러에 머리를 부딪히고 말았다.

"아얏!"

순간적으로 비명을 지르자 주변에 있던 좀비들이 자동 세차장 안으로 슬금슬금 들어왔다. 입구와 출구가 모두 막혀 있어서 도망칠 곳을 찾을 수 없었다. 점점 다가오는 그들을 보면서 규빈은 마지막이라고 생각했다. 뒤로 주춤거리는데 발뒤꿈치에 뭔가 닿았다. 돌아보니 뚜껑이 열린 플라스틱 통 하나와 막대 걸레였다. 통 안에는 끈적거리는 기름이 절반쯤 차 있었다. 막대 걸레를 집어 들고 기름에 푹 담갔다. 그리고 통을 발로 차서 안에 들어 있던 기름을 바닥에 흐르게 했다. 가뜩이나 미끄러운 바닥에 기름까지 더해지자 서 있기조차 힘들 정도가 되었다. 안으로 들어온 좀비들은 비틀거리며 주저앉거나 넘어졌다. 그 틈에 규빈은 막대 걸레를 휘두르면서 조심스럽게 좀비들 사이를 지나갔다. 갑자기 정비공 좀비가 손을 뻗어 규빈의 발목을 움켜잡았지만 막대 걸레로 좀비를 때려 간신히 뿌리쳤다. 그러다가 출구에 좀비 하나가 서 있는 걸 봤다. 배불뚝이에 셔츠 차림의 아저씨 좀비였는데 특이하게도 한 손에 종이컵을 들고 있었다. 규빈은 자동 세차장 안으로 들어오려는 아저씨 좀비의 발 앞을 열심히 막대 걸레로 문질렀다.

"컬링을 하는 것도 아니고 말이야."

규빈의 투덜거림에 응답이라도 하듯 종이컵을 버리고 두 손을 앞으로 내밀며 다가오던 아저씨 좀비는 더 미끄러워진 바닥을 잘못 내디뎌 뒤로 넘어지고 말았다. 그 틈을 타서 자동 세차장을 빠져나온 규빈은 막대 걸레를 던져 버리고 담장을 넘었다. 금화여고의 희미한 실루엣이 보였다.

금화여고는 아파트로 둘러싸인 야트막한 언덕 위에 자리했다. 기역 자로 꺾인 본관 건물과 그 뒤편에 신관, 그리고 운동장 옆에 강당이 있었다. 본관 주변에는 그림자들이 어른거렸다. 좀비로 변한 어른들과 그들에게 공격당한 아이들 같았다. 교문 앞에는 바리케이드와 철조망이 겹겹이 쌓여 있었지만 좀비들이 밀어닥치면서 무너진 상태였다. 교문 철조망에는 온몸이 찢긴 좀비 하나가 매달린 채 발버둥을 쳤다. 교문 주변에는 경찰들의 시신도 있었다. 경찰 시신 옆에 있는 무전기에서 간간이 지지직거리는 잡음이 났다. 시신의 허리춤에 찬 권총에 눈길이 갔지만 어떻게 쏘는지 몰랐기 때문에 손대지 않았다. 대신 머리맡에 있던 경찰봉을 챙겼다.

금화여고에 도착한 규빈은 시아가 있는 본관 삼 층으로 가려고 했다. 그러나 본관 주변에 좀비들이 가득했다. 규빈은 일단 건물 뒤로 돌아가기로 마음을 먹고, 담장을 따라 난 길을 조심스럽게 걸었다. 화단은 마구 파헤쳐져 있었고 화분들도 이리저리 엎어진 상태였다. 본관 옆에 공원이 조성되어 있는데 작은 호수가 있고 주변에 꽃과 나무들이 있었다. 여기도 태풍이 휩쓸고 지나간 듯 헝클어졌고 호수에는 좀비인지 사람인지 모를 시신이 둥둥 떠 있었다. 본관에 다가가자 좀비들이 현관문 주변과 화단 여기저기에 흩어져 있는 게 보였다. 이대로는 진입하는 게 불가능했다.

입술을 물어뜯으며 고민하던 규빈은 주머니에 있는 스마트폰을 꺼냈다. 충전을 해서 배터리는 제법 남아 있었지만 전화도 안 되고 문자도 더 이상 되지 않는 상태였다. 잠시 고민하던 규빈은 운동장과 강당 사이로 걸어갔다. 그리고 스마트폰에 저장해 뒀던 음악을 최대한 크게 튼 다음 손전등 모드를 실행해 바닥에 놓고 다시 본관 쪽으로 조심히 돌아왔다. 본관 주변을 서성거리던 좀비들이 하나둘 스마트폰 쪽으로 고개를 돌렸다. 그러더니 음악이 흘러나오는 쪽으로 움직이기 시작했다. 현관이 대충 비워진 것을 확인한 규빈은 심호흡을 하고는 천천히 몸을 일으켰다. 그러고는 최대한 천천히 걸어서 본관 안으로 들어갔다. 어두운 복도 저편에 좀비들이 보였다. 규빈은 잽싸게 계단을 뛰어 올라가 이 층 계단참에서 잠시 멈춰섰다. 삼 층으로 올라가는 계단에 우두커니 서 있는 그림자를 봤기 때문이다. 놀란 규빈은 벽에 기댄 채 숨을 죽였다. 체크무늬 치마에 분홍색 셔츠를 입은 좀비는 고개를 이상하게 꺾은 채 규빈을 바라보고 있었다. 꺾인 목은 다른 좀비에게 물어뜯긴 흔적이 역력했다. 이 좀비는 다행스럽게도 느리게 다가와서 그렇게 위협적이지는 않았다. 규빈은 들고 있던 경찰봉으로 좀비의 목을 치고 계단을 뛰어 올라갔다.

삼 층 복도 한쪽 교실에 좀비들이 잔뜩 몰려 있는 게 보였다. 규빈은 지금 서 있는 오른쪽 교실의 유리창을 경찰봉으로 깨서 소리를 냈다. 좀비들이 그 소리를 듣고는 방향을 틀었다. 그들이 다가오는 걸 본 규빈은 교실로 들어가서는 책상 아래로 숨어 뒷문 쪽으로 기어갔다. 좀비들이 바닥에 깨진 유리조각을 밟으면서 내는 바스락거리는 소리가 들렸다. 숨죽이고 있던 규빈은 좀비들이 지나가는 것을 확인하고는 뒷문으로 나와서 처음 좀비들이 몰려 있던 교실로 달려갔다.

"시아야, 시아야!"

규빈이 문에 바짝 붙어 속삭이자 핏자국으로 가득한 교실 문이 살짝 열렸다.

"규빈이니? 좀비들은?"

"저쪽으로 보냈어. 금방 올 거니까 빨리 나와!"

"알았어."

잠시 후 문 뒤에 쌓아 둔 책상 같은 것들을 치우는 소리가 났다. 바닥이 끌리고 삐걱대는 소리 때문에 복도 반대편으로 몰려갔던 좀비들이 고개를 돌렸다.

"야! 빨리 나와!"

규빈의 재촉에 시아가 다급하게 말했다.

"문에 잔뜩 쌓아 둬서 시간이 좀 걸려. 잠깐만 기다려."

삐걱거리는 소리와 함께 한 사람이 겨우 나올 정도로 교실 문이 열렸다. 맨 처음 시아가 나오고 그 뒤로 여자애들이 한두 명씩 빠져나왔다. 그사이 좀비들은 코앞까지 다가왔다. 그걸 본 아이들이 자지러지게 비명을 질렀다. 시아는 책상을 번쩍 들어서 집어 던졌고 좀비들은 날아든 책상에 맞아 뒤로 넘어졌다. 열 명 정도 빠져나오고는 교실 문이 다시 닫혔다. 규빈이 시아에게 물었다.

"아직 안 나온 애들이 있어?"

"교실이 안전하다고 안 나오겠대. 어쩔 수 없어. 우리라도 어서 가자."

복도 끝 계단으로 내려가던 일행은 이 층 계단에서 걸음을 멈춰야만 했다. 좀비들이 일 층에 모여들었기 때문이다. 좀비들의 시선이 느껴지자 규빈은 그대로 얼어붙었다. 하지만 시아는 재빨리 상장과 사진들이 진열된 복도 진열장을 움직였다.

"안 도와줄 거야?"

정신을 차린 규빈이 가세하면서 진열장이 움직였다. 계단을 올라오기 시작하던 좀비들의 머리 위로 진열장이 넘어졌다. 진열장의 유리가 부서지면서 좀비들을 덮쳤다. 그사이 규빈은 경찰봉으로 복도 유리창을 부쉈다. 한 사람이 나갈 정도로 구멍이 나자 외쳤다.

"시아야, 애들이랑 먼저 아래로 뛰어! 나도 뒤따라갈게."

그러자 누군가 외쳤다.

"여기 이 층이야."

"그럼 여기서 죽을 거야?"

규빈은 경찰봉을 든 채 유리창을 등지고 섰다.

"알겠어. 얘들아, 빨리 가자!"

시아가 먼저 뛰어내렸다. 그러자 머뭇거리던 아이들이 차례대로 나갔다. 그사이 좀비들은 계속 진열장을 넘어서 계단 위로 올라오려고 했다. 규빈은 경찰봉을 휘두르면서 넘어오는 좀비들을 때려눕혔다. 여자아이들이 다 빠져나간 걸 확인한 규빈도 몸을 돌려 깨진 창문으로 향했다. 등 뒤에서 다가오는 좀비들을 피해 몸을 날린 규빈은 화단에 떨어졌다. 무릎이 깨질 것처럼 아팠지만 창밖으로 손을 내민 채 아우성치는 좀비들을 보자 고통이 확 달아났다. 먼저 떨어진 시아와 아이들은 옷에 묻은 흙을 털면서 주변을 두리번거렸다. 이미 좀비들이 소리에 민감하다는 걸 알고 있던 규빈이 시아에게 물었다.

"좀 있으면 놈들이 몰려올 거야. 어디로 나가야 해?"

"신관 뒤쪽 담장이 낮다고 했어."

"서둘러."

규빈은 절룩거리면서 신관 쪽으로 달렸다. 하지만 신관 건물을 돌자마자 맞은편에서 몰려오는 좀비들과 맞닥뜨렸다. 본관 쪽에서도 소리를 듣고 몰려온 좀비들이 보였다. 양쪽에서 조여 오는 상황에 규빈은 당황했다.

"어떡하지?"

"어떡하긴, 저쪽으로 뛰어!"

시아가 가리킨 곳은 담장 근처 시멘트로 만든 작은 창고였다. 문 옆에는 접이식 사다리가 세워져 있었다. 시아가 앞장서

달려가 먼저 창고 지붕에 도착했다. 그리고 뒤이어 규빈과 아이들이 사다리를 타고 허겁지겁 올라갔다. 창고 주변은 삽시간에 몰려든 좀비들로 가득 찼다. 창고가 낮아서 당장이라도 좀비들이 넘어올 것만 같았다. 시아와 규빈은 올라오려는 좀비들을 발길질을 해서 밀어냈지만 사방에서 덤벼들어서 모두 막기에는 역부족이었다. 그 와중에 한 아이가 끌려 내려가고 말았다. 시아가 규빈에게 소리쳤다.

"이러다가 다 죽을 것 같아."

"젠장, 담장이 코앞인데."

규빈은 손만 뻗으면 닿을 것 같은 담장을 바라보면서 이를 갈았다. 하지만 이 미터가 넘기 때문에 뛰어갈 수 있는 거리가 아니었다. 그 아래에는 좀비들이 맹수처럼 입을 벌리고 있었다. 그때 바닥에 놓인 사다리가 눈에 들어왔다.

"이거야!"

규빈이 사다리를 세우려고 하자 시아가 도와줬다. 마침내 담장에 사다리를 아슬아슬하게 걸쳤다.

"어서 가!"

시아의 재촉에 규빈이 경찰봉을 허리춤에 차고 사다리에 발을 올렸다. 사다리 사이로 손을 뻗은 좀비들 때문에 계속 흔들렸지만 그럼에도 조심스럽게 사다리를 밟았다. 사다리를 잡은 좀비들의 손가락을 밟을 때마다 뼈가 부러지는 듯한 기분 나쁜 소리가 들렸다. 몇 번이나 휘청거렸지만 간신히 담장까지 도착할 수 있었다. 규빈은 담장 너머에 아무것도 없는 걸 확인하고 건너오라는 손짓을 했다. 시아가 재촉하자 아이들이 한 명씩 넘어갔다. 담장에 올라앉은 규빈은 넘어온 아이들이 땅으로 내려갈 수 있도록 부축해 줬다. 그사이 좀비들이 창고 지붕으로 올라오려고 했다. 규빈은 마지막으로 남은 시아에게 소리쳤다.

"빨리 와!"

시아가 사다리 중간쯤 건넜을 때 좀비들이 창고 지붕으로 기어 올라왔다. 몇 놈이 사다리를 타고 넘어오려다가 아래로 떨어졌고, 아래에서는 좀비들이 사다리를 잡아당겼다. 규빈은 이를 악물고 버텼지만 머릿수를 이길 수는 없었다. 바들거리면서 버티던 규빈은 허리춤에 찬 경찰봉을 빼서 사다리와 담장 사이에 끼웠다. 그리고 경찰봉을 잡고 시아가 넘어올 때까지 버텼다. 시아가 담장 아래로 뛰어내리는 걸 본 규빈은 경찰봉을 빼고 사다리를 떨어뜨렸다. 담장을 내려온 규빈은 시아와 아이들에게 말했다.

"어서 가자."

"어디로 갈 건데?"

시아의 물음에 규빈이 어둠 속에 흐릿하게 보이는 주련산을 바라봤다.

"저기에 있는 천문대. 일단 산 중턱에 있는 공원으로 가자. 용민이랑 애들이 거기 있어."

규빈의 말에 시아가 좀비들의 아우성치는 소리가 들려오는 금화여고를 힐끔 바라보고는 대답했다.

"네가 앞장서."

주련산 중턱 공원으로 가는 도중 도시 초입에서 여객기의 추락 현장과 맞닥뜨렸다. 떨어지면서 일어난 폭발의 여파로 주변의 나무들은 모두 잿더미가 되었는데 군데군데 불이 꺼지지 않았다. 여객기 기수가 부러져 있었는데 꼭 몸통이 떨어져 나간 생선 대가리 같았다. 그 주변에는 시신과 가방들, 그리고 파편들이 어지럽게 흩어져 있었다. 아이들 몇 명은 비명을 지르면서 구토를 했다. 시아가 규빈에게 떨리는 목소리로 말했다.

"아까 이 여객기 떨어지는 거 봤어."

"나도. 내 머리 위로 떨어지는 줄 알았다니까."

"대체 무슨 일이 일어난 거야?"

"어른들도 약을 먹었어. 아이들이랑 똑같은."

"진짜?"

시아가 믿을 수 없다는 표정을 지었다.

"맞아. 우리 조사받으러 갔을 때 기억나?"

"검찰청에?"

"그중 한 명이 먹었던 약이 코타놀 같아. 민욱이가 발작을 일으키고 난 후에 왔던 기자도 그걸 먹었어."

"어른들도 좀비가 된다는 거야?"

"그런 것 같아."

규빈의 말에 시아는 믿기지 않는다는 표정으로 방금 빠져 나온 도시를 바라봤다. 그러고는 나지막하게 중얼거렸다.

"비명 소리가 줄어들고 있어. 사람들이 점점 없어진다는 뜻이겠지?"

"아마도."

규빈의 대답을 들은 시아가 단호한 목소리로 말했다.

"일단 안전한 곳을 찾자. 그리고 구해야겠어."

"누구를?"

"우리처럼 아직 안 물린 아이들."

시아의 말을 들은 규빈이 펄쩍 뛰었다.

"위험해."

"저 도시 어딘가에 우리보다 더 위험에 처한 아이들이 있을 거야."

규빈은 시아의 팔을 잡았다.

"일단 천문대로 가서 자리를 잡은 다음에 생각해 보자."

시아는 규빈의 말에 고개를 끄덕거렸다.

"그러자."

규빈은 시아와 아이들을 이끌고 주련산으로 향했다. 집으로 돌아가겠다며 중간에 두 명이 사라졌다. 남은 아이들은 시아와 규빈을 따라갔고 중간중간 좀비들이 나타나긴 했지만 모두 숨

죽이고 어둠 속에 숨어 피할 수 있었다. 주련산 중턱에 있는 공원에 도착한 규빈은 숨을 돌리면서 주변을 살펴보았다.

"다들 어디 갔지?"

규빈의 말에 시아가 급하게 외쳤다.

"규빈아, 철봉 뒤쪽!"

용민과 아이들은 철봉 뒤쪽에 숨어 있었다.

"왔구나. 안 오는 줄 알고 걱정했어."

"온다고 했잖아. 다들 괜찮아?"

"정말 무서운데 꾹 참고 버티고 있었어. 근데 저 애들은 누구야?"

"시아랑 금화여고 애들이야. 조금만 쉬었다가 천문대로 가자."

"오케이. 이쪽으로 와. 구덩이가 넓어서 다 숨을 수 있어."

7장

감시자들

큰 키에 반백의 남자가 대형 모니터 화면으로 세계 지도를 바라보고 있었다. 지도는 모두 노란색으로 표시되어 있고 곳곳에 깃발이 보였는데, 알파벳 A를 뜻하는 알파부터 W를 뜻하는 위스키까지 기호가 붙어 있었다. 모니터 앞에는 이어 마이크를 낀 오퍼레이터들이 앉아서 모니터 화면을 감시하고 있었다. 모니터 위에는 삼각형 속에 눈동자가 있는 로고가 보였다. 그 아래에는 감시자를 뜻하는 라틴어 위시타토르가 새겨져 있었다. 모니터를 말없이 바라보던 남자는 뒤쪽에서 들려오는 발소리에 고개를 돌렸다. 검정 제복 차림에 포니테일을 한 금발 머리 여자가 다가왔다. 여자의 가슴에는 캐슬린이라는 명찰이 붙어 있었다.

"유럽의 정부가 모두 붕괴되었습니다. 우리와 협력하기로 한 생존자 집단만 지정된 벙커에 들어가 있는 상황입니다."

반백의 남자가 대형 모니터를 바라보면서 중얼거렸다.

"이제 1단계는 완료된 건가?"

"98퍼센트 완료되었습니다. 다만 대한민국 과학자 일부가 우리와의 약속을 어기고 잠적했습니다."

"상관없어. 어차피 변화를 막을 수 있는 약은 우리가 가지고 있으니까."

남자가 대답하는 순간, 손목에 찬 디지털 워치가 삐삐거리며 울렸다. 그러자 남자와 캐슬린과 다른 요원들이 모두 약속이나 한 듯 약통에서 알약을 하나 꺼내 입 안에 넣었다. 약을 삼킨 남자는 모니터가 보이는 마이크 앞에 서서 캐슬린에게 신호를 보냈다.

"각 지역의 벙커를 연결해 주게."

캐슬린이 기계를 조작 중이던 요원에게 손짓을 했다. 잠시 뒤 세계 지도가 있던 대형 모니터에 다양한 인종의 사람들이 보였다. 남자는 마이크에 대고 말했다.

"여러분의 협조 덕분에 1단계 대피 작업을 완료했습니다. 이제 지구는 선택받은 소수 사람들에 의해 환경 파괴 없이 정화될 것입니다. 그동안 지구는 계속 병들어 왔습니다. 그래서 이상 기후가 발생하고 신종 전염병들이 계속 생겨났던 겁니다. 그렇게 된 가장 큰 이유는 인간들이 많아졌기 때문이죠.

이제 대다수의 인간들은 사라졌습니다. 우리는 이제 깨끗한 지구의 새로운 주인이 될 것입니다."

모니터 속의 사람들이 일제히 박수를 쳤다. 붉은 옷을 입은 중년의 흑인 여자가 말했다.

"과격하지만 어쩔 수 없는 방법이었다는 데 공감합니다."

그러자 검정색 뿔테 안경을 쓴 백인 남자가 입을 열었다.

"코타놀의 효과가 이 정도일 줄은 몰랐습니다. 그런데 어떻게 열아홉 살이 되면 좀비로 변하는 겁니까?"

"유전자를 이용한 일종의 변이 정도라고만 말씀드리겠습니다. 그걸 연구하느라고 십 년의 시간과 저의 전 재산 중 절반이 들어갔으니까요. 하지만 우리들은 약을 먹는 동안은 괜찮을 겁니다."

"영원히 그 약을 복용할 수는 없지 않습니까?"

백인 남자의 물음에 분위기가 갑자기 싸늘해졌다. 반백의 남자가 씩 웃으면서 대답했다.

"십 년 정도만 복용하면 괜찮습니다. 일정 나이가 되면 좀비로 변한 것처럼 그 나이가 지나면 약을 먹지 않아도 좀비가 되지 않을 겁니다."

"그럼 십 년 동안 벙커에 있어야 하나요?"

"여러분이 있는 벙커에는 오십 년을 견딜 식량과 식수, 에너지원이 있습니다. 최소한 이십 년 정도면 밖으로 나갈 수 있을 겁니다."

"처음 얘기랑 다르지 않습니까? 그때는 오 년이면 된다고 하더니만……."

백인 남자의 말에 모니터 속의 몇몇 참석자들이 동의한다는 듯 고개를 끄덕거렸다. 반백의 남자는 작은 리모콘을 들고 모니터를 향해 버튼을 눌렀다. 그러자 백인 남자가 모니터에서 사라졌다. 다들 어리둥절해하는 가운데 반백의 남자가 참석자들을 바라보며 차갑게 말했다.

"방금 프랑크푸르트 지역의 벙커에 원인 불명의 폭발 사고가 발생했습니다. 안타깝게도 생존자는 없을 겁니다. 누구 더 말씀하실 분 있습니까?"

두 팔을 벌린 남자의 물음에 다들 침묵했다. 그러자 흡족한 표정을 지으며 다시 모니터를 바라봤다.

"우리 모두 코타놀을 직간접적으로 복용했다는 사실을 잊지 마십시오. 전달한 약은 반드시 하루에 한 알씩 먹어야 합니다. 안 그러면 여러분도 그들처럼 변하고 말 겁니다."

모니터 속의 참석자들이 모두 고개를 끄덕이자 남자가 씩 웃었다.

"각 벙커는 하루에 한 번씩 정해진 시간에 지금처럼 통신을 할 겁니다. 그때마다 지시 사항을 전달하겠습니다. 벙커들도 요구할 게 있으면 말씀하십시오. 최대한 돕겠습니다. 이제 지구에 남은 건 우리밖에 없다는 걸 명심하십시오."

"바깥에 생존자들이 있을 가능성은 없나요?"

일본 대표인 중년 여성이 질문하자 남자는 고개를 저었다.

"설사 생존자들이 있다 해도 좀비들이 저렇게 날뛰는데 오래 버틸 수는 없을 겁니다. 코타놀이 변이를 일으킨다는 사실은 대다수의 사람들에게는 불행이지만 우리같이 선택받은 사람들에게는 행운이자 축복입니다. 이제 지구는 우리의 것입니다."

반백의 남자는 모니터 속의 사람들을 바라보며 힘주어 말했다. 그들은 확신에 찬 표정으로 고개를 끄덕였다. 그들을 하나하나 뚫어지게 바라보던 남자가 한 걸음 물러서서 통신을 끊으라는 손짓을 했다. 요원이 기계를 조작하자 모니터는 다시 세계 지도로 바뀌었다. 남자는 통신이 끊긴 후 턱을 손에 괸 채 잠시 생각하다가 캐슬린을 바라봤다.

"대한민국에서 사라진 과학자들을 추적해야겠어."

"변수가 되지 않을 것 같습니다만. 어차피 약도 없지 않습니까?"

캐슬린의 반문에 남자는 고개를 저었다.

"대한민국 속담에 '돌다리도 두들겨 보고 건너라.'라는 말이 있지. 그들을 찾을 수 있는 방법을 알아봐."

"알겠습니다. 고든 에일리치 회장님."

고든 에일리치가 쏘아보자 캐슬린은 얼른 말을 바꿨다.

"죄송합니다. 사령관님."

사령관 고든 에일리치가 말했다.

"실험실에 잠시 다녀올 테니까 여길 봐주게."

"알겠습니다."

밖으로 나온 고든은 조명이 켜진 복도를 걸었다. 몇 개의 문을 통과하자 실험실이라는 글씨가 붙은 문이 나왔다. 그 문이 열리자 인간을 비롯한 각종 생명체가 생명 유지 장치 속에 들어가 있었다. 생명 유지 장치에는 에세놀이라는 로고가 붙어 있었다.

8장

기억

"필요한 게 뭐라고?"

주혁의 물음에 민지가 종이를 들여다보면서 대답했다.

"뚜껑 있는 유리병."

"유리병을 어디서 구하지?"

"잡화점은 어때?"

민지의 말에 주혁은 고개를 저었다.

"거긴 진즉에 털었지. 쓸 만한 유리병은 없을 거야."

"큰일이네. 유리병이 없으면 꿀을 오래 보관할 수 없어."

"방법을 찾아볼게."

얘기를 나누던 민지가 갑자기 측은한 눈으로 바라봤다. 주혁은 씁쓸한 미소로 대답을 대신했다.

주혁도 열아홉 살 생일이 되기 전까지 이렇게 살다가 천문대 밖으로 나가야만 한다. 이유는 알 수 없지만 그때가 지나면 좀비로 변해 버리기 때문이다. 그래서 절친한 친구 민섭이 먼저 떠났다. 주혁에게 주어진 시간도 불과 몇 달 남지 않았다. 주혁은 밖으로 나온 뒤 깊은 한숨을 쉬었다. 그런 주혁의 눈에 성욱이 보였다. 망루에서 감시를 마치고 한 손에 뚜껑이 달린 컵을 들고 내려오는 중이었다. 그걸 본 주혁은 좋은 생각이 떠올랐다.

"카페요?"

주혁의 얘기를 들은 아이들의 눈이 휘둥그레졌다.

"그래, 거기에 뚜껑이 있는 컵이랑 텀블러가 있잖아. 뚜껑이 있어서 꿀을 담기에는 적당하지."

아이들은 서로의 얼굴을 바라봤다. 이곳에 살면서 카페를 가 본 적이 없기 때문이다. 그나마 주혁은 어릴 때 엄마를 따라서 카페에 간 적이 있어서 기억을 했다.

"그럼 어디로 갑니까?"

성욱의 말에 주혁은 도시의 관광 지도를 펼쳤다.

"약수터 쪽으로 가서 아파트 단지를 지나 하천가로 가면 거기에 카페들이 여러 개 있는 걸로 나와."

"그럼 가서 뚜껑이 달린 텀블러를 가져오면 됩니까?"

"맞아."

"하지만 하천 쪽에도 좀비들이 많이 출몰해서 위험합니다."

"다리가 시내와 연결되어 있어서 그래. 그러니까 최대한 빨리 들어갔다 나온다. 알았지?"

"네."

"조금 이따 정문으로 집결한다. 해가 지기 전에 갔다 오려면 서둘러야 해."

각자 장비를 챙기러 가고 잠시 기다리는 사이 누군가 바라보는 시선이 느껴졌다. 고개를 돌려서 위쪽을 바라보자 전수자 아로가 돔 안 창문에 서서 내려다보고 있었다. 주혁과 눈이 마주친 아로는 조심스럽게 창가에서 사라졌다. 잠시 뒤 장비를 챙긴 아이들이 모이자 주혁은 망루에 대고 외쳤다.

"정문 개방!"

천천히 문이 열리고 주혁을 비롯한 아이들이 나갔다. 사람들이 하던 일을 멈추고 그들을 바라봤다. 다시는 못 볼 수도 있다는 사실 때문에 그들의 눈빛에 불안감과 슬픔이 깃들었다.

하천 근처에는 소품점들과 음식점들이 있어서 천문대에 필요한 물품들을 손에 넣을 수 있다. 그렇지만 도시에서도 대표적으로 손꼽히는 위험 지역이었다. 시내 중심가와 연결된 다리들이 곳곳에 있어서 좀비들이 금방 넘어올 수 있기 때문이다. 기차역 부근에 있는 대형 마트와 더불어서 인명 피해가 많이 났던 곳이기도 했다. 하지만 가야만 했다. 주혁은 이동하는 내내 너무 충동적으로 결정하지 않았나 하는 생각이 들었다. 민섭이 있었다면 분명 말렸거나 다른 루트를 찾아보자고 했을 것이다. 하지만 최고 연장자가 된 주혁에게는 선택의 여지가 없었다. 더 이상 쓸 만한 물건들을 구할 데는 이 근처에 남아 있지 않았다.

산자락을 내려오자 약수터와 배드민턴 코트와 체력 단련장이 보였다. 좀비들이 나타나기 전에 사람들이 건강을 위해 약수를 뜨러 오고 운동을 하던 곳이었다. 살기 위해서 온종일 바쁘게 일해야 하는 천문대의 삶과는 거리가 멀었다. 그곳에서 조금 더 내려가면 이 층으로 된 체육 센터가 나왔다. 역시 사람들이 와서 운동하던 곳인데, 힘을 써야만 움직이는 기구들이 가득했다.

오솔길을 조금 더 내려가자 불에 타서 잿더미가 된 다세대 빌라들이 있는 골목과 그 너머에 거대한 아파트 단지가 나왔다. 십 층이 넘는 고층 아파트는 벽을 타고 올라간 넝쿨과 바람을 타고 날아와서 자라난 나무들로 덮여 있었다.

수년 전, 산속에 있는 해마루 천문대에서 이곳으로 거주지를 옮기려는 시도를 한 적이 있었다. 시내와도 가깝고 입구만 잘 막으면 좀비들을 막을 수 있다고 믿은 것이다. 의견은 반반으로 나뉘었는데 그중 일부 사람들이 이곳으로 옮겨 왔다. 하지만 몇 달 후 우연찮게 화재가 났다. 주변에 자라났던 나무들과 넝쿨을 타고 불길이 삽시간에 번졌다. 거기다 집 안

내부의 벽지와 남은 가구들에 불이 옮겨 붙으면서 엄청난 매연이 나왔다. 아파트에 있던 사람들은 피할 틈도 없이 목숨을 잃고 말았다. 그리고 비명을 듣고 몰려온 좀비들이 불에 탄 사람들의 시신을 뜯어 먹었다.

아파트 단지 입구에는 교회가 수문장처럼 자리 잡았다. 벽에는 십자가가 새겨져 있었는데 전수자 아로의 말로는 밤에는 불이 들어와서 세상을 밝혔다고 했다. 아파트 정문은 교회와 상가 사이에 있었다. 상가에는 잡화점과 음식점들의 간판이 붙어 있었다. 한글 공부를 할 때 가장 좋은 교재이자 좀비들이 나타나기 이전 시대를 짐작하게 해 주는 중요한 이정표였다. 입구 근처 사거리에는 마을버스가 카페를 들이받은 채로 있었다. 주혁이 그랬던 것처럼 아이들은 상가를 지날 때 가게의 간판들을 중얼거리면서 읽었다. 원래는 선명한 노란색이나 붉은색, 혹은 다양한 색이었을 간판은 오랜 세월이 흘러 색이 바랐고 지저분해졌다. 지지대가 녹슬거나 비바람을 이기지 못해서 떨어져 나간 간판도 종종 보였다.

화장품 가게의 차양에 줄지어 있던 까마귀들이 주혁과 아이들의 발소리를 듣고 푸드덕 날아올랐다. 아파트 단지를 가로지르는 큰길에는 녹슨 차들이 질서 없이 늘어서 있었다. 좀비들이 나타났을 때 사람들이 무작정 차를 타고 도망치려고 했던 흔적이었다. 주혁은 주변을 살피며 앞으로 가자는 손짓을 했다. 한 번 밖에 나갔다 온 아이들은 제법 익숙한 발걸음으로 아파트를 가로질렀다. 아파트 거주민들의 아이들이 놀았다는 놀이터 역시 새들이 차지하고 있었다. 녹슬고 뒤틀린 미끄럼틀에는 목이 베인 시신 하나가 말라비틀어진 채 매달려 바람에 흔들렸다. 좀비들은 놀이터 주변을 서성거렸지만 아이들을 못 본 듯했다. 아이들은 좀비들을 곁눈질로 바라보면서 놀이터를 지나갔다. 주혁도 그들을 슬쩍 바라봤다가 발걸음을 옮겼다. 옆으로 넘어진 은행 현금 인출기 옆에 좀비 하나가 발을 질질 끌면서 서성거렸다. 앞장선 아이 중 한 명이 못이 박힌 야구 방망이를 휘둘러서 머리를 터트렸다. 풀썩 쓰러진 좀비는 발을 가늘게 떨다가 멈췄다. 아파트 단지를 가로질러서 후문에 도착하자 주혁은 손을 들어서 멈추라는 신호를 보냈다. 주변을 살펴볼 수 있게 자리를 잡은 아이들이 숨을 몰아쉬었다. 주혁은 천천히 아파트 후문을 나갔다. 거기서 오른쪽으로 꺾으면 카페들이 있는 하천이 나왔다. 주변에 아무것도 없는 걸 확인한 주혁은 아이들에게 돌아왔다.

"잘 들어. 주변에 아무것도 없지만 다리 건너편에서 언제든 좀비들이 몰려올 수 있다. 우리는 하천가에 있는 카페에 들어가서 뚜껑이 있는 텀블러들을 쓸어 온다. 카페는 많이 있으니까 의심이 가는 곳은 들어가지 말고 바로 나오도록 한다. 동료들을 항상 주시하고 하천의 다리 너머를 경계한다."

주혁은 아이들에게 주의 사항을 알려 주고 움직이라는 손짓을 했다. 그러자 아이들이 주변을 살피면서 사거리 쪽으로 갔다가 하천가로 방향을 틀었다. 주혁도 심호흡을 하고 아이들의 뒤를 따랐다. 하천가로 내려가는 목재 다리는 부서진 지 오래였다. 그쪽으로 올라오는 좀비들을 막기 위해서 불을 지르거나 부쉈던 것이다. 하지만 철과 콘크리트로 만든 다리는 시내로 가는 지름길이라서 그대로 놔뒀다. 하천가에 도착하자 아이들 몇 명이 다리 부근에 가서 몸을 숨겼다. 혹시나 다리를 통해 좀비들이 접근해 오는지 확인하고 수신호를 보낼 인원이었다. 좀비들이 거리에도 드문드문 있었기 때문에 발소리를 최대한 줄이고 접근했다. 근처에 있던 좀비들은 새가 눈을 파먹어서 앞을 보지 못하는 터라 행동이 느렸다. 하지만 자기들끼리 내는 괴상한 소리를 듣고 바로 접근해 오거나 순식간에 늘어날 수 있었기 때문에 언제든 경계해야만 했다.

하천가에는 크고 작은 카페들이 나란히 있었다. 유리로 된 벽면은 대부분 깨져 있었고 안쪽은 비바람과 먼지와 거미줄이 뒤엉켜서 마치 정글 같았다. 주혁이 점찍은 곳은 그중에서도 가장 큰 카페로 녹색 원에 왕관을 쓴 여신이 간판에 그려져 있었다. 안으로 먼저 들어간 성욱이 라이터를 켜서 거미줄과 먼지를 태웠다. 한때 바리스타들이 커피를 만들던 대형 머신은 먼지를 잔뜩 뒤집어써서 형태를 알아보기 힘들었다. 이곳에 있던 의자와 탁자는 상당수 천문대로 가져갔지만 아직도 많이 남아 있었다. 먼저 안으로 들어가서 이리저리 살피던 성욱이 소리쳤다.

"저기 있다!"

주혁은 조용하라는 손짓을 하고는 그쪽을 바라봤다. 비바람에 얼룩진 진열장 안에 텀블러들이 보였다. 성욱과 다른 아이들이 가져온 배낭에 텀블러를 담았다. 그사이 주혁은 카페 안을 둘러보았다. 좀비들이 나타나기 이전에는 사람들이 이곳에 모여서 이런저런 얘기도 하고 공부도 했다고 전수자 아로에게 들은 것이 떠올라서다. 주혁의 어린 시절 기억에도 그랬던 것 같다. 주혁은 비바람에 상처를 입고 먼지와 거미줄로 뒤덮인 카페에 사람들이 평화롭게 앉아서 얘기 나누는 풍경을 상상해 봤다.

아홉 살 정도에 세상이 변하는 걸 봤던 주혁은 좀비들이 없고 사람들이 자유롭게 지내던 그 시절을 떠올렸다. 덧없는 회상은 텀블러를 모두 챙겼다는 성욱의 얘기로 막을 내렸다. 정신을 차린 주혁이 말했다.

"나가자."

아이들이 나가는 걸 보고 뒤따라 나가려던 주혁은 뭔가에 걸려 넘어졌다. 몸을 돌리니 하반신이 없는 좀비가 바닥에 엎드린 채 발목을 잡고 있었다. 검정색 앞치마가 사라진 허리 아래까지 늘어져 있었다. 잡히지 않은 발로 걷어차고 정글도를 찾았지만 넘어지면서 어디론가 사라졌는지 보이지 않았다. 주혁은 벌떡 일어서서 텀블러가 있던 진열장을 넘어뜨려 좀비를 깔아뭉갰다. 한숨을 돌리고 으깨진 좀비를 피해 나가려는데 좀비의 목에 걸린 목걸이가 눈에 들어왔다. 자세히 보니 너무 크고 깨끗했다. 호기심이 생긴 주혁은 옆에 떨어진 정글도로 목걸이 줄을 끊었다. 두툼한 플라스틱 끈으로 만든 목걸이에는 밀폐된 작은 통이 붙어 있었다. 주혁은 작은 통을 챙겨서 밖으로 나왔다. 다른 카페에 들어간 팀도 충분히 챙겼는지 두툼해진 가방을 멘 아이들이 밖으로 나오고 있었다. 그때 위험 신호를 알리는 휘파람 소리가 들렸다. 다리 건너편에서 좀비들이 몰려오는 게 보였다. 서둘러 돌아가자는 신호를 보내자 아이들은 아파트 단지 방향으로 움직였다. 하지만 좀비들이 예상보다 많아서 앞이 가로막혔다.

"어떡하죠?"

성욱의 물음에 주혁이 서둘러 말했다.

"이대로 있다가는 앞뒤로 갇힌다. 뚫고 나간다."

정글도를 단단히 움켜쥔 주혁은 도로를 달려가면서 좌우의 좀비들을 벴다. 잘 갈린 정글도에 좀비들의 허리와 목이 떨어져 나갔다. 다른 아이들도 도끼나 못이 박힌 야구 방망이로 좀비들을 때려잡으면서 아파트 단지 쪽으로 움직였다. 주혁은 일부러 좀비들의 주목을 끌어서 아이들이 쉽게 빠져나갈 수 있도록 정글도의 날을 바닥에 대고 질질 끄는 소리를 냈다. 그런 다음 아파트 단지 옆쪽의 골목길로 냅다 달렸다.

먼지 묻은 셔터가 내려진 마트 앞에 좀비들이 우글거렸다. 주혁은 그대로 달려가다가 바닥에 미끄러지면서 좀비들의 다리 사이로 빠져나갔다. 뒤늦게 그들이 주혁을 따라붙으려고 했지만 교회의 첨탑 아래 몸을 감춘 터라 우왕좌왕했다. 주혁은 숨 죽인 채 좀비들이 지나가기를 바랐다. 좀비들의 발이 보이기 시작했다. 신발이 벗겨지거나 다 떨어져 나간 발은 상처투성이고 뼈가 드러나기도 했다. 그때 갑자기 불쑥 허리를 굽혀 자신을 바라보는 좀비와 눈이 마주쳤다. 놀란 주혁은 반대편으로 빠져나왔다. 골목길에는 소리를 듣고 몰려온 좀비들이 가득했다. 주혁은 재빨리 그늘을 지나 아파트 담장의 쇠창살을 잡고 넘어가 지하 주차장 옆에 몸을 숨겼다. 쇠창살 너머로 괴성을 지르면서 손을 뻗고 있는 좀비가 보였다.

주혁은 그곳을 빠져나와 집결 장소인 약수터에 도착했다. 각자 빠져나온 아이들 중 한 명이 보이지 않았다. 성욱과 붙어서 다니던 열세 살 원준이다. 주혁은 최종 집결지인 마을버스에서 잠시 기다리기로 했다. 그리고 카페에서 챙긴 작은 통을 열어 봤다. 원형 통의 뚜껑을 열자 안에 둘둘 말린 종이가 나왔다. 통을 버리고 종이를 펼친 주혁은 안에 적힌 글씨들을 보고 할 말을 잃었다. 가까스로 정신을 차린 주혁은 종이를 챙겨서 바지 주머니에 넣었다.

주혁과 아이들은 결국 원준을 만나지 못한 채 천문대로 돌아왔다. 원준의 동생은 형이 돌아오지 못했다는 얘기를 듣고 흐느껴 울었다. 주혁은 잠시 동생의 어깨를 토닥이고는 곧장 돔으로 향했다.

전수자 아로는 주혁을 보자 읽고 있던 책을 덮었다. 주혁은 아무 말 없이 주머니에 종이를 꺼내 아로에게 건넸다. 종이를 펼쳐 든 아로는 이맛살을 찌푸렸다. 그러고는 주혁에게 물었다.

"이거 어디서 구한 건가요?"

"하천가 카페에 있던 좀비의 목에 걸려 있었습니다."

아로는 종이를 바라보면서 중얼거렸다.

"좀비가 썼을 리 없는 글입니다."

"당연히 우리 같은 사람이 쓴 겁니다. 이 세상에 우리 말고 사람들이 남아 있나요?"

"대답하기 곤란한 질문이군요. 초창기에 생존자들을 찾아내서 합류시키긴 했지만 그 뒤로는 다른 사람과 접촉한 적은 없습니다. 어른들이 모두 좀비로 변했으니까요."

"변하지 않은 사람들이 있을 수 있지 않습니까?"

"초창기에 도시에 물품을 구하러 갔을 때 사람이 숨어 있던 흔적을 발견한 적이 있다고 합니다. 지하철역 근처 오피스텔 꼭대기와 하천가의 교회에서요. 하지만 사람을 만난 적은 없다고 기록되어 있어요. 적어도 사십 킬로미터 안에는 우리 같은 사람은 없을 겁니다. 그 너머에도요."

"저도 그렇게 생각했습니다만, 이걸 보고 생각이 달라졌습니다."

아로도 가만히 고개를 끄덕였다.

"사람이 쓴 건 확실해요. 그러나 거기에 적힌 내용을 믿어야 하는지는 별개로 봐야 합니다."

"왜죠? 여기에 적힌 내용이 거짓이라고 봐야 할 이유가 있습니까?"

"만약 사실이라면 어떻게 해야 할까요?"

"당연히……."

주혁은 잠시 창밖을 바라봤다. 살아 돌아온 아이들이 한쪽 구석에서 울고 있는 원준의 동생을 위로하고 있었고, 다른 한쪽에서는 가져온 텀블러에 꿀을 담고 있었다. 죽음과 삶이 아무렇지 않게 공존하고 교차했다. 그것이 주혁을 비롯해서 모두를 고통스럽게 만들었다.

"확인을 해 봐야겠죠."

"사실이 아닐 가능성이 높아요."

"어째서요?"

주혁의 물음에 전수자 아로가 작게 한숨을 쉬었다.

"원인을 모르니까요. 발생 시점도 그렇고 지금도 왜 열아홉 살 생일이 되면 좀비로 변하는지 알 수 없어요. 성별과 체격, 몸무게, 키랑 상관없이요. 그런데 어떻게 치료할 방법을 찾는다는 거죠?"

전수자 아로의 날카로운 말에 주혁은 대답할 말을 찾지 못했다. 의자에서 일어난 아로가 창가로 걸어갔다.

"그 심정 잘 알아요. 이제 몇 달 후에 좀비로 변하게 될 테니까요. 하지만 그건 우리에게 주어진 숙명이에요. 피할 수도 없고 비껴가지도 않아요. 그러니까 남은 삶을 열심히 살도록 해요."

"그런 말로 위로받을 시기는 지났습니다. 방법을 찾아야 합니다."

"거길 찾아갈 생각인가요?"

전수자 아로의 물음에 주혁은 별다른 대답을 하지 못했다. 그러자 아로가 벽에 붙은 지도를 바라보면서 말했다.

"여기서 거기까지가 얼마나 되는지 알아요?"

"멀다는 것 정도는 압니다."

"그냥 먼 게 아니라 수백 킬로미터 떨어져 있어요. 가는 도중에 그것들이 얼마나 있을지는 짐작조차 못 하고요. 설사 간다고 해도……."

전수자 아로는 차마 말을 잇지 못했다. 그 심정을 충분히 이해한 주혁도 더는 말하지 않았다. 아로는 주혁에게 종이를 돌려주며 말했다.

"진실일 가능성이 희박해요."

"압니다. 하지만 지금 저로서는 지푸라기라도 잡아야 할 상황입니다."

주혁의 단호한 눈빛을 본 아로가 한숨을 내뱉었다.

"어쩔 수 없군요. 준비가 되면 얘기하세요."

주혁은 돔에서 내려와 방으로 갔다. 민지가 심상치 않은 분위기를 느꼈는지 말없이 그를 바라봤다. 주혁은 아까 발견한 종이를 건넸다. 종이를 건네받아서 읽은 민지의 손이 떨렸다.

"좀비가 되는 걸 막는 치료약이 개발됐다는 게 진짜일까?"

"어차피 난 몇 달 있으면 좀비로 변하잖아."

"세종시는 어디야?"

민지의 물음에 주혁은 아까 돔에서 봤던 지도를 떠올리면서 대답했다.

"여기서 남서쪽으로 약 백오십 킬로미터 정도 떨어져 있어. 물론 직선거리가 그 정도니까 실제로는 더 멀겠지."

"거기에 가면 치료약이 있다고?"

"종이에는 그렇게 적혀 있어. 생존자와 연락할 방법이 없으니까 좀비들에게 목걸이를 걸어서 보냈나 봐."

"어떻게 치료한다는 거야?"

주혁은 고개를 저으면서 대답했다.

"종이에는 방법이 적혀 있지 않아. 다만 세종시 미생물 연구소에서 치료 방법을 개발했으니까 그곳으로 오라는 얘기뿐이야."

"나도 봤어. 사실인지 아닌지가 궁금해서 그래. 진짜 치료약이 있었다면 여기에 같이 보내지 않았을까? 아니면 우릴 찾아오든가."

"치료약이 충분하지 않을 수도 있지. 그리고 생존자가 있는지 없는지 모르는데 움직일 수는 없잖아."

주혁은 종이를 만지작거리며 덧붙였다.

"종이가 빳빳한 걸 보면 최근에 적은 게 분명해."

"갈 거야?"

민지의 물음에 주혁은 천천히 고개를 끄덕거렸다. 그런 주혁의 손을 잡은 민지가 말했다.

"너무 위험해."

"어차피 몇 달 있으면 나도 좀비로 변해. 자그마한 희망이라도 있으면 도전해 봐야지. 그리고 우리 모두를 위해서 꼭 해야 할 일이야."

민지는 주혁의 굳은 결심을 듣자 아무 말도 못 하고 두 손으로 얼굴을 가렸다. 주혁은 그런 민지의 어깨를 토닥이고는 몸을 일으켰다. 결심을 하자 마음이 홀가분해졌다. 침대에 걸터앉은 주혁은 다시 종이를 펼쳤다. 종이에는 볼펜으로 쓴 선명한 글씨가 적혔다.

생존자들에게 알린다. 대한민국 세종시 미생물 연구소에 좀비가 되지 않는 치료약이 있다. 찾아오면 치료를 해 주겠다. 십여 년 전, 대규모 팬데믹이 발생하면서 세계 각국 정부는 모두 붕괴되었으며 대한민국 역시 마찬가지였다. 다만, 소수 연구자들과 생존자들이 모여서 치료약을 개발했고 성공했다.

9장

안식처

"저기야!"

앞장서 걷던 규빈이 외치자 땅만 바라보며 걷던 아이들이 일제히 고개를 들었다.

"진짜네."

아까부터 다리가 아프다고 징징거리던 용민이 감격한 목소리로 말했다. 공원에서 천문대까지 거리도 멀고 밤중이라 길을 찾기가 어려웠다. 규빈도 가 보지 못한 곳인 데다가 밤길이라 안내판을 몇 번이고 놓쳐서 다시 돌아가는 일이 몇 차례 반복되었다. 결국 스마트폰의 손전등 모드를 켜고 걸었는데 도착할 즈음에는 이미 해가 뜬 뒤였다. 가파른 산길을 올라가는 아이들의 숨소리가 점점 거칠어졌다. 모두 지쳐 가고 있는데 저 멀리 이 층으로 된 천문대가 보이자 아이들은 기뻐했다. 천문대에 다다르자 금속으로 된 돔이 보였다.

언덕길을 올라가자 철조망을 친 해마루 천문대의 문이 보였다. 천문대 주변은 이 미터 높이의 철조망으로 둘러쳐 있었다. 문은 굳게 잠겨 있었지만 아이들이 넘어가서 빗장을 풀었다.

"지은 지 얼마 안 된 것 같아!"

건물을 살펴본 시아의 말에 규빈이 대답했다.

"얼마 전에 완공했대."

"산속인 데다 도시랑 떨어져 있어서 안전할 것 같아."

아이들이 속속 천문대로 들어가는 가운데 규빈과 시아는 멀리 보이는 도시를 물끄러미 바라봤다. 밤새 이어지던 비명소리와 사이렌 소리는 잦아들었다. 하지만 도시 곳곳에서 불길이 거세게 치솟고 있었다.

"완전 잿더미가 되겠어."

시아의 중얼거림에 규빈은 고개를 끄덕였다.

"그러게. 일단 들어가자."

아이들이 열어 놓은 문을 통해 해마루 천문대로 들어간 규빈과 시아는 안팎을 샅샅이 살폈다. 이 층으로 된 본관이 천문대이고, 좀 떨어진 곳에 보일러실과 컨테이너로 만든 창고 두 개가 있었다. 본관 지하에는 창고가 있고 일 층은 식당과 사무실, 이 층은 직원들이 머무는 숙소와 작은 주방, 화장실이 복도를 따라 쭉 이어졌다. 복도 끝에는 돔으로 가는 나선형 계단이 보였다. 계단을 올라가 보니 공간은 꽤 넓었다.

"여기에 천체 망원경을 놓으려고 했나 봐."

시아의 얘기를 들으면서 주위를 둘러보던 규빈은 아래층에서 들려오는 환호성에 서둘러 내려갔다. 용민과 아이들이 신이 난 표정으로 방방 뛰고 있었다.

"왜 그래?"

규빈의 물음에 용민은 생수통을 번쩍 들어 보였다.

"매점에 식수랑 라면이 잔뜩 쌓여 있어."

"이제 살았어."

금화여고에서 합류한 여자애 중 한 명이 들뜬 목소리로 말했다. 대략 서른 명쯤 되는 아이들은 안전한 곳을 찾았다는 기쁨에 살짝 안도했다. 용민은 라면 봉지를 흔들면서 외쳤다.

"지하 창고에서 휴대용 가스레인지를 찾았어. 그걸로 라면 끓여 먹을까?"

"찬성!"

아이들은 우르르 식당으로 갔다. 규빈과 시아도 아이들을 뒤따라갔다. 그런데 그때 멀리서 묵직한 폭음이 들려왔다. 규빈과 시아는 본관 밖으로 나가 보았다. 도시 중심가에서 커다란 폭발음이 이어지고 엄청나게 큰 불길이 치솟는 게 보였다. 버섯 모양으로 화염이 치솟았고 적지 않은 크기의 불길을 뱉어 냈다.

"뭘까?"

규빈의 중얼거림에 시아가 대답했다.

“가스 폭발인가?”

“영화나 드라마 보면 구조대가 오고 헬기 날아오고 그러던데, 아무도 없네.”

“대부분 좀비로 변해 버려서 그런 것 같아.”

“어쩌다 이렇게 된 걸까?”

“모르겠어. 코타놀을 복용해서 그렇다고 했는데 전부 먹은 건 아니잖아.”

“어른들은 다 변하고 우리들은 안 변했잖아. 그것도 이상해.”

시아의 물음에 규빈은 고개를 갸웃거렸다.

“왜 그런지 나도 잘 모르겠어. 일단 여기에 자리를 잡은 다음 시내로 좀 나가 봐야겠어.”

이런저런 얘기를 나누는데 용민이 달려 나왔다.

“야! 라면 다 끓였어.”

“오케이.”

시원하게 대답한 규빈은 시아를 돌아봤다.

“일단 먹고 생각하자.”

동그랗게 둘러앉아 라면을 나눠 먹은 아이들은 너나없이 행복한 표정을 지었다. 그리고 여기저기 자리를 잡고 눈을 붙였다. 규빈은 길게 하품을 하고 있던 용민에게 말했다.

“나랑 같이 나가서 주변을 좀 살펴보자.”

"왜?"

"이 근처에도 좀비가 있을 수 있잖아."

"이 산꼭대기에?"

규빈은 용민과 문을 나왔다. 주변을 살펴보며 걷는데 뒤따라오던 용민이 말했다.

"길어야 며칠이겠지? 난장판이 대략 정리되면 누구든 우릴 구출하러 올 게 분명해."

규빈은 차마 동의하지 못했다. 다행히 주변에는 좀비들이 보이지 않았다. 용민은 안도의 숨을 내쉬는 규빈에게 말했다.

"이제 문 닫고 가서 자자. 밤새 걷고 라면 먹었더니 피곤해."

규빈은 조금 더 살펴보고 싶었지만 툴툴거리는 용민의 말에 발길을 돌렸다. 문의 빗장을 걸려고 하는데 어디선가 지지직거리는 소리가 들려왔다.

"이게 무슨 소리야?"

용민이 소리가 나는 길가를 바라보면서 불안한 목소리로 말했다. 파란색 등산복 차림의 아저씨 좀비가 비틀거리면서 등산로를 따라 내려가고 있었다. 목에 커다란 라디오를 걸었는데 거기서 계속 음악이 흘러나왔다. 세상이 미쳐 돌아가는 중이었지만 음악은 신명 나기 그지없는 트로트라 규빈과 용민은 모두 고개를 절레절레 저으면서 웃고 말았다.

"골 때리네."

규빈의 말에 용민은 웃음을 뱉어 냈다.

"그러게."

규빈과 용민이 웃으면서 얘기를 나누는 소리에 좀비가 고개를 천문대 쪽으로 돌렸다. 그리고 비틀거리면서 다가왔다. 문에 빗장을 걸어 두긴 했지만 세게 밀면 위험해질 수 있는 상황이었다. 좀비가 계속 다가오자 표정이 바뀐 용민이 물었다.

"어떡하지?"

규빈은 무기가 될 만한 걸 찾다가 바닥에 뒹굴고 있던 주먹만 한 돌을 집어 들었다.

"용민아. 문 좀 열어 봐."

"알았어."

용민이 빗장을 풀고 문을 열자 규빈은 돌덩이를 힘껏 던졌다. 하지만 돌은 형편없이 좀비를 빗겨 나갔다. 그걸 본 용민이 코웃음을 치면서 다른 돌을 찾아 집었다.

"자식아, 잘 봐."

하지만 용민이 던진 돌도 좀비의 발치에 힘없이 툭 떨어졌다. 다시 돌을 찾아 든 규빈이 신중하게 던졌다. 날아간 돌멩이는 좀비의 왼쪽 뺨에 맞았다. 좀비가 비틀거렸다. 용민이 다시 돌을 던졌다. 이번에는 좀비의 가슴팍에 맞았다. 그런 식으로 각자 열 번이 넘는 돌팔매질을 한 뒤에야 좀비가 쓰러졌다. 용민은 숨을 몰아쉬며 규빈에게 말했다.

"졸라 힘드네. 이러다가는 우리 팔이 먼저 떨어져 나가겠다."

"일단 시체부터 치우자."

규빈과 용민은 문을 열고 나가 두 팔을 펼친 채 쓰러진 좀비에게 다가갔다. 규빈이 용민에게 말했다.

"웃기지 않냐?"

"뭐가?"

"얼마 전까지만 해도 바퀴벌레 죽은 것만 봐도 놀랐는데 지금은 사람이나 좀비가 죽어도 아무렇지도 않잖아."

규빈의 말에 용민이 코웃음을 쳤다.

"원래 사람이 적응력 하나는 끝내주잖아. 원래대로라면 우리도 공부하고 있었겠지."

"그러게."

규빈은 고개를 끄덕이며 좀비를 내려다봤다. 다리 쪽으로 다가간 용민이 대꾸했다.

"거기다 언제 죽을지 몰라서 다들 정신없었잖아. 조금 안정되면 분명 이런 상황을 납득하지 못하는 애들이 나올 거야. 어서 치우자."

"그래, 알았어."

용민이 좀비의 다리를 잡고 규빈이 팔을 잡고 끌고 가려는 순간 얼굴이 뭉개진 좀비가 괴성을 지르며 벌떡 일어났다. 화들짝 놀란 용민과 규빈은 엉덩방아를 찧고 말았다. 아무렇지도 않게 일어난 좀비는 주변을 두리번거리다가 천문대로 향했다. 돌을 던지느라 문을 활짝 열어 둔 데다 본관 문도 열어 놓은 게 보였다. 규빈이 다급하게 외쳤다.

"안 돼!"

규빈은 문으로 향하는 좀비의 발목을 움켜잡았다. 하지만 좀비는 규빈에게 잡힌 발목을 질질 끌고 앞으로 나갔다. 뒤늦게 일어난 용민이 부러진 나뭇가지를 들고 몽둥이 삼아 후려쳤지만 나무만 부러질 뿐 별다른 타격을 주지 못했다. 그사이 좀비는 문을 통과해서 본관으로 걸어갔다. 계속 끌려가던 규빈이 외쳤다.

"용민아! 어떻게 좀 해 봐!"

"야! 내가 어떻게 감당하라고."

이제 끝이라고 생각한 순간, 익숙한 기합 소리가 들려왔고 좀비가 뒤로 넘어졌다. 넘어지면서 뒷머리가 심하게 부서졌고 그걸로 상황은 끝났다. 좀비를 향해 멋진 날아 차기를 보여 준 시아가 규빈을 내려다봤다.

"괜찮아?"

"어……."

규빈은 어정쩡하게 대답하고 흙을 털면서 일어났다. 용민은 부러진 나뭇가지를 들고 서서 시아와 규빈을 번갈아보며 물었다.

"죽은 거야?"

용민의 물음에 시아가 심드렁하게 대꾸했다.

"좀비라서 이미 죽은 존재야."

아이들이 모두 밖으로 나왔다. 그리고 등산복 차림의 좀비를 보고는 하나같이 겁에 질린 표정을 지었다. 그러면서 하나둘씩 엄마 아빠를 찾으며 눈물을 쏟았다. 그 모습을 본 규빈은 영월로 떠난 엄마가 생각났다. 그곳은 사람들이 적고 산이 많아서 피할 수 있을 것이라는 희망을 걸었다. 시아가 규빈의 어깨를 툭 쳤다.

"뭔 생각 해? 일단 좀비부터 치우고 문 닫자."

"알았어."

살짝 겁이 나긴 했지만 좀비는 진짜 죽었는지 질질 끌려가는 동안 꼼짝도 하지 않았다. 밖으로 나와서 숲속에 좀비를 두고 돌아오며 규빈이 시아에게 말했다.

"천문대가 안전할 수 있도록 뭔가 조치를 취해야겠어."

"어떻게?"

"일단 좀비들이 못 보게 뭔가로 가리고 철조망과 문을 보강해야지. 한꺼번에 들이닥쳐서 밀고 들어오면 방법이 없잖아. 여기가 시내랑 완전히 떨어져 있는 것도 아니고 말이야."

"그러자."

직접 목격해서 그런지 몰라도 아이들은 일사불란하게 움직였다. 근처에 있는 나뭇가지들을 가져와서 철조망을 가리기 시작했다. 그리고 돌 같은 걸 주워서 문 아래에 받쳐 놨다. 그렇게 며칠이 지나자 천문대는 어설프게나마 형태가 가려졌다. 좀비로 변한 등산객들이 오갔지만 다행히 천문대를 보지 못

하고 지나쳤다. 시내에서는 여전히 폭발음과 함께 불길이 치솟았고 검은 연기가 하늘을 뒤덮었다.

금화여고 여자아이들을 구출하고 천문대까지 무사히 도착하는 데 앞장선 규빈과 시아는 리더 역할을 맡았다. 용민은 주방장으로 음식을 만들었다.

"이게 마지막 라면이야."

용민이 수북하게 쌓인 빈 봉지를 곁눈질로 바라보면서 한숨을 쉬었다. 라면을 끓이던 부탄가스도 간당간당했다. 용민의 얘기를 들은 규빈이 말했다.

"애들한테 식당으로 모이라고 해. 할 얘기가 있어."

용민이 나가서 아이들을 불러 모으자 여기저기 흩어져 있던 아이들이 하나둘씩 식당으로 모였다. 마지막으로 들어온 시아와 눈을 마주친 규빈이 아이들에게 말했다.

"라면도 부탄가스도 없어."

"산에 가서 풀 뜯어 올까?"

분위기가 무거워지자 용민이 농담을 했다. 하지만 심각해진 분위기를 누그러뜨리지는 못했다. 아이들이 한숨을 쉬면서 바라보자 규빈이 입을 열었다.

"시내에 나가서 먹을 것을 구해 와야 할 것 같아. 그리고 상황이 어떻게 돌아가는지도 알아봐야 하고."

아이들은 술렁거렸다. 특히 용민이 반발했다.

"시내로 가야 한다고? 왜?"

"얘기했잖아. 먹을 것도 구해야 하고 상황을 파악하려면 일단 내려가서 라디오 같은 걸 찾아야 해."

"간신히 살아 나왔는데 또 가라고? 여기서 그냥 구조를 기다리면 안 돼?"

용민이 말도 안 된다는 표정으로 다른 아이들을 바라봤다. 아이들이 동조하자 시아가 나섰다.

"구조대가 올 때까지 여기서 버티려면 필요한 것들이 많아. 우린 그걸 구해야 해."

"우리들을 금방 구조하러 오지 않을까?"

용민의 말에 시아가 고개를 절레절레 저었다.

"밖이 저렇게 난장판이 되었는데 누가 구해 주러 올까? 거기다 우리가 여기 있는지 누가 알아."

"몰라, 어떻게든 알아내겠지."

용민은 손사래를 치면서 현실을 외면하려고 했다. 규빈은 화가 머리끝까지 치밀었다.

"어른들은 우리를 학교에 가두고는 가만있으라고 했어. 그런데 어떻게 되었는지 봐."

"미국이 도와주지 않을까?"

"코타놀을 우리만 먹은 줄 알아? 거긴 진즉부터 문제가 생겼다고."

"그럼 우리가 뭘 할 수 있는데!"

용민은 지지 않고 소리를 높였다. 규빈은 아이들을 한 명씩 바라보면서 말했다.

“살아남았잖아. 그리고 앞으로 계속 살아남아야 하고.”

“무섭단 말이야. 도시는 이미 지옥인데 어떻게 다시 들어가. 난 못 들어가!”

용민은 토라진 목소리로 대답하고는 자리를 떴다. 지켜보던 아이들도 하나둘씩 눈치를 보면서 자리를 뜨고 남은 건 규빈과 시아, 규빈의 동급생 주환과 시아와 함께 탈출한 성애뿐이었다. 주환과 성애는 함께 지내면서 가까운 사이가 되었다. 주환이 머뭇거리며 입을 열었다.

“도와줄 거 있으면 얘기해. 하지만 우리도 상황이 파악되면 여길 떠날 생각이야.”

“어디로 갈 건데?”

규빈의 물음에 주환이 성애를 바라보면서 대답했다.

“일단 다른 도시로 갈 거야. 여기서 멀지도 않고 구조대가 올 확률이 높잖아.”

“거긴 위험하지 않을까?”

규빈의 물음에 잠자코 있던 성애가 나섰다.

“라디오를 들으면 돼.”

규빈과 시아가 의외라는 표정을 짓자 주환이 쓴웃음을 지었다.

“얘기를 해 봤는데 성애는 좀비를 좋아해. 보기와는 좀 다르지?"

주환의 얘기에 성애가 옆구리를 팔꿈치로 찔렀다.

"좀비를 좋아하는 게 아니라 나타날 때 어떻게 대처해야 할지에 관심이 있는 거야."

"좀비가 나타나면 어떻게 해야 하는데?"

규빈의 물음에 성애는 마치 기다렸다는 듯 대답했다.

"일단 라디오를 가지고 안전한 곳, 은신처로 가야 해."

"안전한 곳?"

"가령 여기처럼 도시와 가깝지만 근처에 좀비가 없는 곳. 그리고 싸울 수 있는 무기를 갖춰야지."

"무기?"

"당연하지. 좀비랑 맨손으로 싸울 수는 없잖아."

"총 같은 거?"

규빈의 물음에 성애가 피식 웃었다.

"여기가 미국도 아니고 어떻게 총을 구해? 설사 구한다고 해도 총을 쓰면 안 돼."

"왜?"

"좀비들은 시력이 나빠지는 대신 소리에 민감하거든. 그래서 총소리가 나면 좀비들이 더 몰려들 거야. 그러니까 소리가 나지 않는 무기를 써야지. 예를 들면 쇠구슬을 쏠 수 있는 새총이나 창 같은 거."

성애가 주환의 어깨에 머리를 기댔다. 그 모습을 멍하니 보다가 정신을 차린 규빈이 성애가 말했던 무기에 대해 물었다.

"그런데 좀 전에 창이라고 했어?"

"응. 『좀비 제너레이션』이라는 책에서 봤는데 칼이나 몽둥이 같은 건 짧아서 위험하다고 했어. 가까이 오기 전에 창으로 푹 찌르는 게 최고야."

"창은 어떻게 만드는데?"

"장대에 칼을 붙여서 만들라고 쓰여 있어. 물론 칼이나 못이 박힌 야구 방망이도 나쁘지 않다고 했고 말이야."

성애의 설명을 듣던 규빈은 문득 궁금해졌다.

"책에서는 좀비들이 나타나면 어떻게 돼?"

성애가 주저하다가 입을 열었다.

"보통 세상이 끝나. 좀비들은 다른 괴물들이랑 좀 다르거든. 그러니까 다른 괴물들은 사실 인간과의 공존이 필요해. 뱀파이어들은 인간의 피를 마셔야만 하기 때문에 인간이 있어야만 해. 늑대 인간도 인간이 있어야만 사냥을 계속할 수 있어. 하지만 좀비들은 그렇지 않아."

"우리를 모두 없애는 게 목적인가?"

규빈의 물음에 성애가 고개를 저었다.

"좀비들은 목적 자체가 없어. 살아 있는 인간에 대한 증오만 가질 뿐이야. 몇 년 전에 미국에서 마약에 취한 사람이 다른 사람의 얼굴을 뜯어먹은 적이 있었어. 얼마 전에도 뉴스에 나왔더라."

"나도 봤어."

"거기서 딱 한 걸음만 더 나가면 돼. 물린 사람이 똑같이 전염되는 거."

"어? 나도 봤어."

"그럼 세상은 끝난 거야. 막을 수 있는 게 없거든."

"군대가 있잖아."

"좀비는 두려움이 없어. 그러니까 총이나 폭탄 맞는 걸 무서워하지 않아. 거기다 물리면 전염되기 때문에 군인들이 좀비가 되면 싸울 사람이 줄어들어. 거기다 어른들이 전부 좀비가 되었다면 군인들도 모두 변했을 거야."

"설마."

시아가 떨리는 목소리로 반박했지만 성애가 딱 잘랐다.

"보통 이런 일이 터지면 경찰이 먼저 출동하고 군대도 금방 움직여. 하지만 잠잠하잖아?"

둘 다 고개를 젓자 성애가 우울한 목소리로 말했다.

"그들도 다 좀비로 변했을 거야. 아니면 좀비들에게 공격을 받았겠지."

"그럼 우리는 어떻게 해?"

규빈의 말에 성애는 뜻 모를 웃음을 지었다.

"어떻게 하고 싶은데?"

"일단 살아남아야지."

"그럼 무기를 만들고 식량을 챙겨. 어쩌면 아주 오래 버텨야 할지 모르니까."

규빈은 마른침을 삼켰다. 어떻게든 살아남아야겠다는 생각을 하긴 했지만 언제 도움을 받을지 기약이 없을지도 모른다는 생각은 해 보지 않았다. 그런 규빈의 마음을 다잡아 준 것은 시아였다.

"어떻게든 버텨서 이 지랄 맞은 일이 어떻게 벌어졌는지 사람들에게 알려 줄 거야."

그러자 성애가 가볍게 웃었다.

"너희 둘이라면 가능할지도 모르겠다."

할 얘기를 다 했다는 표정을 지은 성애가 주환을 데리고 식당을 나갔다. 가늘게 한숨을 쉰 규빈에게 시아가 말했다.

"할 게 많네."

"당장 필요한 거 먼저 정하고 가 봐야 할 곳도 정해 보자."

규빈의 말에 시아가 고개를 저었다.

"물품 남은 거 정리하고 당장 필요한 게 뭔지 적어 볼게. 그리고 나는 성애랑 남아서 아이들과 천문대 입구를 좀 더 보강할게."

"그래, 알았어. 내가 도시에 다녀올게."

기지개를 켜면서 식당 밖으로 나가던 규빈은 시아가 부르는 소리에 고개를 돌렸다. 한참 동안 규빈을 바라만 보던 시아가 입을 열었다.

"와 줘서 고마웠어."

규빈은 멋쩍은지 머리를 긁적이며 짧게 대답했다.

"이따 봐."

규빈은 밖으로 나와서 등산로에 서서 천문대를 바라봤다. 며칠 동안 풀과 나뭇가지를 이용해 위장을 한 덕인지 언뜻 봐서는 구분이 가지 않았다. 하지만 뽑아 온 풀들이 시들해지면서 곳곳에 빈틈이 보였다. 그리고 천문대의 돔도 문제였다. 이런저런 고민거리를 가지고 돌아온 규빈은 시아가 창고에서 꺼내 온 물건들을 펼쳐 놓는 모습을 봤다. 믹서기부터 망치까지 꽤 다양한 물건들이 보였다. 규빈이 내려와서 물건들을 살펴보자 시아가 종이를 건넸다.

"당장 필요한 거야."

규빈은 종이를 봤다. 톱이랑 낫부터 다양한 목록이 적혀 있었다. 규빈은 거기에 자기가 생각했던 물품들을 추가했다. 그 사이 용민과 아이들 몇 명이 내려왔다. 규빈이 바라보자 용민은 어깨를 으쓱거렸다.

"너 혼자 보낼 수는 없잖아."

"고마워."

"어디로 갈 건데?"

"저쪽 화성 아파트 단지."

"거긴 내 앞마당이지. 거기 마트 갈 거야?"

"응."

"와! 좀비 영화 보면 텅 빈 마트 가서 실컷 털고 나오잖아. 그렇게 하는 거야?"

"위험할 수도 있어."

"오케이. 일단 가 보자고."

떠날 준비를 하는데 주환이 뒤늦게 모습을 드러냈다. 성애와 인사를 나눈 그가 멋쩍게 웃었다.

"나도 갈게."

그렇게 십여 명의 아이들이 천문대를 나섰다. 앞장 선 규빈에게 용민이 물었다.

"야! 우리가 탐험대냐? 모험대냐?"

"뭐, 특공대라고 해 두자."

"전쟁 영화를 너무 많이 본 거 아니야?"

"그냥 특별히 공부도 못하는 대가리 큰 애들이라고 하자."

"야! 선사 시대 개그잖아."

긴장을 풀기 위해 나름 웃고 떠들면서 산길을 내려갔다. 시아가 짠 루트는 주련산 중턱에 있는 배드민턴장 코트를 지나 아파트 단지 앞에 있는 상가를 턴다는 것이다. 상가 일 층에는 등산 용품을 파는 잡화점과 마트가 있어서 필요한 물건들을 구할 수 있기 때문이다. 한 시간쯤 걸어서 도시에 가까워지자 용민이 걱정스러운 얼굴로 규빈에게 물었다.

"아파트면 좀비들이 많이 있을 것 같은데 말이야."

"그래도 천문대랑 가장 가까운 데다가 바로 산 아래잖아.

여차하면 도망칠 수 있어."

"엄청 불안하네. 우리가 잘할 수 있을까?"

"특공대잖아."

풀숲 사이로 배드민턴 코트가 보이자 다들 바짝 긴장했다. 체육 센터를 지나 도시에 가까이 다가가자 뭔가 타는 냄새와 연기 때문에 애들이 콜록거렸다. 고개를 길게 뺀 용민이 어두운 얼굴로 말했다.

"저 아래 불났나 봐. 연기가 장난 아닌데."

"잘됐네. 얼른 갔다 오자."

아파트 단지 옆 다세대 빌라에서 연기가 치솟고 있었다. 사 층 높이의 다세대 빌라들이 다닥다닥 붙어 있는데 그중 하나에 불이 나면서 옮겨 붙은 모양이었다. 불길은 거세지 않았지만 검은 연기가 하늘에 자욱했다. 전선은 열기에 녹아서 끊어진 채로 골목길에 늘어졌다. 골목길 중간은 SUV와 트럭이 정면충돌하면서 가로막혔다. 다행히 빌라 일 층의 주차장을 통해 빠져나갈 수 있었다. 아이들은 자연스럽게 허리를 숙이고 기둥 뒤에 숨어서 주변을 살펴봤다.

"저쪽!"

주환이 골목길 안쪽을 손가락으로 가리켰다. 몸에 불이 붙은 채 너울거리는 연기 사이로 걸어다니는 좀비들이 보였다. 규빈은 조심해서 그냥 지나가자고 속삭이고는 발걸음을 뗐다. 골목길을 벗어나서 야트막한 내리막길을 내려오자 도로가 펼

쳐졌다. 규빈을 뒤따라온 용민은 입을 다물지 못했다.

"아이구야, 완전 아수라장이네."

사 차선 도로에는 차들이 거미줄처럼 엉켜 있었다. 아파트 입구 코너에 있는 카페는 마을버스가 들이받은 채 찌그러져 있었다. 거리 곳곳에는 시체들이 누워 있었다. 질겁할 상황이었지만 아이들은 이 광경을 말없이 지켜봤다.

"저기야."

규빈은 마을버스에 반쯤 가려져 있던 잡화점을 가리켰다. 용민이 규빈의 어깨를 쳤다.

"시간 없으니까 나눠서 들어가자. 나랑 몇 명은 마트에서 필요한 걸 가져오자."

"알았어. 조심해."

서로 흩어진 아이들은 잡화점과 그 옆 마트로 들어갔다. 잡화점 안쪽을 살펴보던 규빈은 당황했다.

"대낮인데 왜 이래?"

"창문이 없어서 안쪽이 어두운가 봐."

뒤따라온 주환의 말에 규빈이 머리를 긁적였다.

"이러면 안에 있는 걸 찾을 수가 없잖아."

"잠깐만."

자리를 뜬 주환이 찌그러진 마을버스 안으로 들어가더니 비상용 손전등을 가지고 나왔다. 흐릿하지만 어둠 속을 볼 수 있었다. 규빈은 아이들 중 두 명을 입구에 남겨 뒀다.

"좀비가 보이면 비명을 지르지 말고 동전 같은 걸 던져서 소리를 내."

손전등을 가지고 앞장선 규빈이 맨 처음 챙긴 것은 커다란 배낭이었다. 마침 그 옆에는 손전등을 파는 코너가 있어서 몇 개를 더 챙겼다. 손전등의 빛이 철제 앵글에 수북하게 쌓인 물건들을 쓸고 지나갔다. 주환이 벽에 걸려 있던 삽과 톱을 몇 개 챙기고 라디오도 배낭에 넣었다. 규빈은 망치를 집어서 따라온 아이에게 건네수고는 안으로 더 들어갔다.

"뭘 찾는데?"

뒤따라온 주환의 물음에 규빈이 손전등으로 안쪽을 살펴보면서 대꾸했다.

"칼. 무기가 필요하잖아."

"이런 세상이 올 줄은 꿈에도 몰랐어."

착 가라앉은 주환의 말에 규빈은 퉁명스럽게 말했다.

"애꿎은 아이들만 가둘 때부터 조짐이 보인 거지. 정작 문제는 자기들이었는데 말이야."

"그러게."

규빈이 칼을 챙기는 사이 주환은 한숨을 쉬었다.

"맞아. 어른들의 욕심이 세상을 이렇게 만든 거야."

"일단 챙길 거 챙기고 얼른 나가자."

"알겠어."

무기로 쓸 칼들을 챙기고 돌아선 규빈은 따라온 아이들에게 말했다.

"다 챙겼으면 어서 가자."

그때 동전 굴러가는 소리가 들렸다. 그 소리의 의미를 알아차린 규빈과 아이들은 바짝 얼어붙고 말았다. 가까스로 정신을 차린 규빈이 작은 소리로 말했다.

"어서 움직여."

아이는 입구를 향해 뛰어가는데 주환은 철제 앵글을 뒤적거리고 있었다.

"뭐 해!"

규빈의 재촉에 주환이 허겁지겁 뒤를 따랐다. 잡화점 밖으로 나오자 아파트 안쪽과 큰길 쪽에서 좀비들이 떼를 지어 오는 게 보였다. 생각보다 어마어마한 숫자에 놀란 규빈이 저도 모르게 뒷걸음질을 치다가 넘어지고 말았다. 그를 일으켜 세워 준 건 주환이었다.

"어서 가자."

가까스로 몸을 일으킨 규빈이 마트 쪽에 소리쳤다.

"용민아! 어서 나와!"

잠시 뒤 마트에서 아이들이 황급히 뛰어나왔다. 아이들의 표정이 심상치 않은 걸 본 규빈이 물었다.

"왜 그래!"

"안에 좀비가 있어요! 용민이 형이 갇혔어요."

규빈은 배낭을 내려놓고 마트 안으로 들어갔다. 과자가 잔뜩 쌓인 매대 너머에서 좀비 특유의 신음 소리 같은 게 들려왔다.

"용민아!"

규빈의 외침에 마트 안쪽 깊숙한 곳에서 대답이 들려왔다.

"여기야! 앞에 좀비가 있어."

용민은 술을 진열해 놓은 냉장고와 벽의 좁은 틈새에 숨어 있었다. 키가 크고 청바지를 입은 아저씨 좀비와 땅딸막한 체구에 파마를 한 아줌마 좀비가 밀고 들어가려는 게 보였다. 살려 달라는 용민의 절박한 외침에 규빈은 주변을 둘러보았다. 그러다 캔 커피가 쌓여 있는 걸 보고는 하나 꺼내서 힘껏 던졌다. 하지만 별다른 타격을 주지 못하고 오히려 시선만 끌고 말았다. 엎친 데 덮친 격으로 쌓아 둔 캔 커피들이 와르르 무너지면서 요란한 소리를 내고 말았다. 좀비들이 고개를 돌리자 규빈은 슬슬 뒷걸음질을 쳤다. 무기가 될 만한 걸 찾아봤지만 칼이 든 배낭은 밖에 두고 왔고 지금 옆에는 비닐 포장된 과자와 음료수뿐이었다. 규빈은 진열장에 놓여 있는 콜라병을 집어 들고 있는 힘껏 흔든 다음 뚜껑을 열었다. 주둥이에서 거품이 터져 나와서 좀비들의 얼굴을 뒤덮었다. 좀비들은 순식간에 균형을 잃고 아이스크림 냉동고에 부딪혀서 넘어졌다. 빈 페트병을 내던진 규빈이 외쳤다.

"얼른 나와!"

그러자 잽싸게 뛰쳐나온 용민이 바닥에 쓰러져 허우적거리는 좀비들을 뛰어넘었다. 마트 입구로 나온 규빈은 배낭을 챙기고 용민과 함께 골목길로 뛰었다. 헐레벌떡 달리던 용민이 물었다.

"언제 저렇게 많이 몰려온 거야!"

"나도 모르겠어. 소리 듣고 왔겠지."

골목길로 접어들자 아까보다 한층 거세진 불길이 앞을 가로막았다. 열기에 못 이긴 이 층 창문이 깨지면서 잔해가 골목길을 가로막은 자동차 위로 떨어졌다. 자동차는 순식간에 불길에 휩싸이고 말았다. 그렇게 앞이 막힌 상황에서 골목길 입구에 좀비들이 모습을 드러냈다. 용민이 규빈의 어깨를 붙잡으면서 말했다.

"야! 이제 어쩌냐."

규빈은 필사적으로 빠져나갈 곳을 찾았다. 그러다가 아까 차들에 막혀서 옆으로 빠져나왔던 다세대 빌라의 주차장 쪽에서 주환이 손짓하는 것을 봤다.

"저기야!"

용민의 어깨를 친 규빈이 불길을 헤치고 그쪽으로 다가갔다. 옆으로 돌아가자 주환과 아이들이 낑낑거리면서 자동차를 옆으로 세우려고 하는 게 보였다.

"뭐 해?"

규빈의 물음에 주환이 대답했다.

"길을 막으려고. 그럼 놈들이 못 넘어오잖아."

"좋았어."

배낭을 내려놓은 규빈도 합세해서 자동차를 밀었다. 그사이 기둥 뒤에서 골목길 어귀를 살피던 용민은 발을 동동 굴렀다.

"거의 다 왔어. 서둘러!"

좀비들이 아우성치는 소리가 코앞에서 들릴 즈음에야 자동차를 옆으로 세우는 데 성공했다. 좀비들이 자동차를 두들기는 소리가 들려오는 가운데 힘이 빠진 아이들이 바닥에 널브러졌다. 위기를 넘기고 살아남았다는 기쁨에 여기저기서 웃음소리가 터져 나왔다.

아이들은 정신을 차리고 물건이 든 배낭을 챙겨서 천문대로 향했다. 배낭을 멘 채 걷던 규빈이 주환에게 물었다.

"아까 뭘 찾은 거야?"

"아, 이거."

주환이 배낭에서 꺼낸 것은 둥근 유리구슬 안에 인형이 들어 있는 스노우 볼이었다.

"오늘이 성애 생일이야. 성애 주려고 챙겼어."

"야, 누구는 내일 지구가 망해도 사과나무를 심는다던데 이 와중에 연애하는 거야?"

"이런 상황에서도 사과나무보다 성애가 먼저 생각나는 걸 어떡해!"

주환이 웃음 지으며 말하자 규빈은 저도 모르게 고개를 끄덕거렸다. 영월로 간 엄마보다도 시아가 먼저 떠올랐기 때문이다. 언제부터인지는 모르겠지만 규빈에게 시아는 소중한 존재로 자리 잡았다.

이런저런 얘기를 나누면서 산길을 올라가자 천문대가 보였다. 나뭇잎과 넝쿨로 철조망이 가려져 있었다. 그걸 본 규빈이 용민에게 말했다.

"애들이 설치했나 봐. 이제 저 돔만 가리면 밖에서 잘 안 보이겠다."

"정말 감쪽같아."

하지만 가까이 다가갈수록 분위기가 이상했다. 심상치 않다고 느낀 규빈은 서둘러 문으로 달려갔다. 시아를 비롯한 여자아이들이 마당에 모여 있었다. 다들 뭔가를 보고 충격에 빠졌는지 규빈 일행이 문에 들어서는 것도 알아차리지 못했다.

"무슨 일이야?"

규빈의 물음에 눈물범벅이 된 시아가 가슴에 칼이 박힌 채 바닥에 누워 있는 성애를 가리켰다. 규빈을 뒤따라 들어온 주환은 넋이 나간 표정이었다.

"서, 성애야!"

주환이 성애에게 달려간 사이 시아가 규빈에게 다가갔다.

"너희들이 나가고 한참 일하고 있는데 성애가 갑자기 좀비로 변했어."

"변했다고?"

규빈의 물음에 시아가 미친 듯이 고개를 끄덕거렸다.

"갑자기 괴성을 지르고 덤볐어. 그래서 가지고 있던 칼로 엉겁결에 찔렀는데……."

그제야 규빈은 피범벅이 된 시아의 손을 봤다.

"괜찮아? 다친 데는 없지?"

"진짜로 갑자기 변했어. 원래 물려야 변하는 거 아니었어?"

"나도 모르겠어."

둘이 얘기를 주고받는 사이 주환은 배낭에서 스노우 볼을 꺼내 성애의 머리맡에 놨다.

"선물 가져왔어. 눈 좀 떠 봐."

한참을 울던 주환은 성애 옆에 나란히 누웠다. 거무죽죽하게 변한 성애의 손을 만지면서 오열하는 주환의 모습을 보면서 규빈은 할 말을 잃었다. 가까스로 정신을 차린 주환은 가져온 삽을 챙겼다.

"묻어 주고 올게."

주환의 말에 규빈이 말했다.

"도와줄까?"

"괜찮아."

천문대를 나선 주환은 등산로를 지나 나무가 많은 언덕에 가서 삽으로 땅을 파기 시작했다. 그리고 돌아와서는 성애의 시신을 챙겨 언덕으로 갔다. 시신을 내려놓은 주환의 어깨가 들썩거리는 것으로 봐서는 계속 울고 있는 게 분명했다. 한참 동안 판 구덩이에 성애의 시신을 넣고 흙을 퍼서 작은 봉분을 만들었다. 그리고 그 위에 스노우 볼을 올려놨다. 그 광경을 보면서 착잡해진 규빈은 시아에게 물었다.

"왜 좀비로 변한 걸까?"

"몰라. 오늘이 생일이라고 해서 다들 축하한다고 분위기가 엄청 좋았거든."

"그러다 갑자기 변한 거야?"

"응."

짧게 대답한 시아가 눈을 깜빡거리며 덧붙였다.

"다른 사람들을 물면 일이 커질 것 같아서 내가 손을 썼어."

"잘했어."

"사람을 죽였는데?"

당장이라도 울 것 같은 시아의 말에 규빈은 고개를 저었다.

"사람이 아니라 좀비였어. 잘못한 거 아니야."

"방금 전까지 얘기를 나눴는데 어떻게 갑자기 변할 수 있지?"

"나도 믿기지가 않아."

시아는 떨리는 목소리로 하늘을 올려다보며 덧붙였다.

"맙소사. 대체 왜 변한 걸까? 아무 징조도 없이 말이야."

규빈은 아까 들었던 얘기가 퍼뜩 떠올랐다.

"생일!"

"뭐라고?"

"오늘이 성애 생일이라고 했잖아."

"그게 무슨 상관인데?"

"무슨 상관인지는 모르겠지만 생일날 좀비로 변했어."

"설마 열아홉 살 생일이 되면 좀비로 변한다고 생각하는 건 아니지?"

"그렇지만 지금처럼 방심하면 희생자가 나와. 일단 규칙을 정해 놓자."

규빈의 말에 시아가 물었다.

"어떤 규칙?"

"열아홉 살 생일이 되는 날 새벽에 여길 나가는 거."

"말도 안 돼. 우리가 등본을 뗄 수 있는 것도 아니고 이 상황을 보고 누가 정직하게 말하겠어. 그리고 생일 때문에 변했다고 어떻게 확신해?"

"모든 상황을 의심해 봐야지. 그리고 아이들을 설득해 보자. 만약 좀비로 안 변하면 다시 들어오게 하면 되잖아."

마른침을 삼킨 규빈이 시아를 바라보면서 덧붙였다.

"그걸 우리의 첫 번째 규칙으로 정하자."

"규칙?"

"규칙이 있어야 구조대가 올 때까지 살아남을 수 있으니까."

규빈과 시아의 대화 속에 갑자기 어디선가 울음소리가 들려왔다. 둘은 몸을 숨기고 주변을 두리번거리며 울음소리가 나는 곳을 찾았다. 그때 시아가 어딘가로 손가락질을 했다.

"저기야!"

규빈은 시아가 가리킨 곳을 바라보았다. 열 살 남짓한 아이들이 울면서 걸어오는 게 보였다. 그걸 본 규빈이 중얼거렸다.

"용케 살아서 여기까지 잘 왔네."

규빈은 한걸음에 달려가 울고 있는 아이들을 달랬다.

"괜찮니?"

"엄마 아빠가 다 이상해졌어요."

멜빵바지를 입은 아이가 빨갛게 변한 눈으로 올려다보며 대답했다. 파란색 치마를 입은 아이도 따라서 말했다.

"우리 엄마도요."

아이들이 다시 울음을 터트리자 시아가 끌어안았다.

"이제 괜찮아. 이름이 뭐니?"

파란색 치마를 입은 아이가 시아에게 말했다.

"김민지요."

"저, 저는 남주혁입니다."

멜빵바지를 입은 아이가 훌쩍거리며 뒤따라 대답했다. 규빈은 그런 아이들에게 천문대를 가리키면서 말했다.

"우리들 집은 저기야."

"진짜요?"

눈이 동그래진 주혁의 물음에 규빈이 씩 웃으며 대답했다.

"응. 우리랑 같이 지낼래? 구조대가 올 때까지 말이야."

"고맙습니다."

활짝 웃는 주혁을 본 규빈이 잠시 주저하다가 물었다.

"그런데 너희들 생일이 언제야?"

10장

새벽이 되면 일어나라

주혁은 떠날 결심을 하고 며칠 동안 준비물을 챙겼다. 들고 갈 짐을 싸는 게 가장 큰 일이었다.

"생수랑 손전등, 비상약, 파이어 스틱, 우비, 장갑……."

꼼꼼하게 목록을 확인한 민지가 물었다.

"무기는 뭐 가지고 갈 거야?"

"정글도랑 창이면 충분하지."

"폭죽도 몇 개 챙겨 가."

"쓸 일이 있을까?"

"좀비들이 떼로 몰려올지도 모르잖아."

민지의 말에 주혁은 배낭 옆 주머니에 폭죽을 쑤셔 넣고 돔으로 올라갔다. 전수자 아로는 주혁을 만나자 살포시 웃었다.

"준비는 끝났나요?"

"이제 출발하면 됩니다."

"혼자는 위험할 것 같은데요."

"같이 갈 사람이 있습니다."

"누구요?"

"윤성이요. 강윤성."

전수자 아로가 얼굴을 찡그렸다.

"그는 추방자입니다."

"알고 있습니다. 하지만 바깥에서는 상관없지 않습니까?"

주혁의 말에 전수자 아로는 고개를 끄덕였다.

"하긴, 그 규칙은 이곳에서만 적용되니까요."

"그리고 윤성이도 저랑 생일이 비슷합니다."

"어쨌든 행운을 빌어요."

"고맙습니다."

"이건 제 선물입니다."

아로가 내민 것은 전수자들에게만 가질 수 있는 지도였다.

"받으세요. 어차피 이곳에서 멀리 떠나지 않는 한 필요 없는 거니까요."

주혁은 말없이 지도를 챙겨서 배낭을 메고 밖으로 나왔다. 소식을 들은 아이들이 나와서 기다리고 있었다. 주혁은 아이들과 눈을 맞추면서 짧게 인사를 나눴다. 그리고 마지막으로 민지에게 다가갔다.

“잘 지내고 있어. 꼭 치료약 가지고 올게.”

“그래. 나는 이곳을 지키고 있을게!”

민지를 뒤로하고 주혁은 천문대 밖으로 나갔다. 문이 닫히고 빗장을 거는 소리가 들리자 발걸음을 옮기기 시작했다.

강윤성은 추방자였다. 천문대에서는 공동체 생활을 하기 때문에 큰 문제를 일으키지 않으면 심하게 처벌하지 않았다. 하지만 범죄를 저지르거나 큰 실수로 사람들을 위기에 빠트릴 경우는 단호하게 처벌했다. 가장 큰 처벌이 추방이었다. 추방자는 천문대에서 멀리 떨어진 곳, 좀비들이 가득한 세상에서 혼자 지내야 했기 때문에 사실 사형 선고나 다름없었다.

작년에 추방당한 윤성이 지금까지 살아남은 것은 기적에 가까웠다. 산꼭대기로 올라간 규빈은 정상에 있는 팔각정에서 잠시 쉬다가 다시 발걸음을 옮겼다. 썩은 나무 계단을 지나자 컨테이너로 만든 작은 집이 보였다. 좀비들이 나타나기 전에는 공원 관리 사무실이었는데 지금은 윤성의 은신처였다. 주변에는 높다란 울타리를 세워서 좀비들의 습격을 막았다. 마당의 빨랫줄에는 옷이 널려 있었고 지붕에는 얇게 저민 육포가 있었다.

“제법이네.”

울타리로 다가간 주혁은 가까이에서 들려오는 목소리에 발걸음을 멈췄다.

"이게 누구야?"

윤성이 나무 그늘 사이에서 모습을 드러냈다. 덥수룩한 수염에 곱슬머리를 한 윤성은 청반바지에 민소매 티셔츠를 입고 어깨에는 창을 걸치고 손에는 물고기를 쥔 채 주혁을 바라보고 있었다. 주혁이 앞에 선 윤성은 눈살을 찌푸렸다.

"모범생이자 특공대장이 추방이라도 당한 건가?"

"할 얘기가 있어서 찾아왔어."

"내가 여기 있다는 건 어떻게 알았는데?"

"민섭이한테 들었어. 새벽에 일어나서 나가기 전에."

주혁의 얘기를 들은 윤성이 고개를 떨구고 한숨을 쉬었다.

"그러고 보니 민섭이가 우리 중에 생일이 제일 빨랐지."

윤성은 한 손에 들고 있던 물고기를 울타리 너머로 던지고 주혁에게 손짓했다.

"들어와."

울타리의 문을 열고 들어선 윤성의 은신처는 천문대의 축소판이었다. 마당 구석에는 텃밭이 일궈져 있고 직접 만든 작은 아궁이도 보였다. 윤성은 아궁이 옆 긴 나무 의자에 걸터앉고는 주혁에게 낡은 플라스틱 의자를 권했다. 아까 던진 물고기는 마당 한구석에서 펄떡거렸는데 잠시 후 집 뒤에서 어슬렁거리면서 나온 개가 덥석 물고는 사라져 버렸다. 주혁은 배낭을 내려놓고 의자에 앉았다. 윤성이 입을 열었다.

"토토야. 내가 없을 때 집을 지켜 주는 친구지."

"잘 지내고 있었구나."

"뭐, 외로운 거 빼면 나쁘지 않아. 그나저나 여긴 어쩐 일이야? 배낭에 옷차림을 보니까 어딜 가는 거 같은데?"

"오늘 천문대에서 나왔어."

"진짜 추방당한 거야?"

주혁은 의아해하는 윤성에게 좀비에게서 찾은 종이를 건넸다. 종이를 펼쳐서 내용을 읽은 윤성은 얼굴을 찡그렸다.

"어디서 난 거야?"

"하천가에 있는 카페. 거기 있던 좀비의 목에 걸려 있었어. 아마 좀비를 잡아서 목에 이걸 걸고 풀어 준 것 같아."

"누군가 메시지를 보낸 거군."

윤성의 말에 주혁이 의자를 바짝 당겨 앉았다.

"어차피 몇 달 후면 난 좀비로 변할 거야."

"해 볼 만한 모험이라 이거야?"

"나랑 같이 가자."

주혁의 말에 윤성은 코웃음을 쳤다.

"설마 이 좋은 곳을 버리고 너랑 같이 좀비들이 우글거리는 곳으로 가자는 거야?"

"너도 나랑 생일이 며칠 차이 안 나잖아."

"그거랑 무슨 상관이야."

"너의 음모론을 입증할 수 있는 기회야. 안 그래?"

"음모론이 아니라 합리적인 의심이라니까!"

"그동안 우리도 끊임없이 찾아봤지만 아무도 없었어."

"그게 더 이상하잖아."

주혁의 반발에 발끈한 윤성이 의자에서 일어나 하늘을 바라봤다.

"밝혀지지 않은 게 너무 많아. 과연 어른들이 전부 다 코타놀을 복용하고 좀비로 변했을까? 우리나라는 그렇다 치고 다른 나라들도 같았을까? 전 세계 인구가 칠십억 명이 넘었다는데 고작 우리만 살아남았을 리 없잖아."

"그렇다면 그들이 왜 우리 앞에 나타나지 않은 거지?"

"어떤 이유가 있겠지. 난 그들이 목적을 가지고 우리를 관찰하고 있다고 생각해."

격앙된 윤성의 말에 주혁은 잠시 입을 다물었다. 천문대에서 그 누구보다 열심히 지내던 윤성이 변한 건 몇 년 전 시내의 서점에서 찾은 책 한 권 때문이었다. 좀비들이 실제로 나타나기 전에 쓰여진 좀비 소설인데 마지막에 음모론에 관한 내용이 있었다. 주인공 일행이 좀비를 피해 찾아가는 곳에 관한 이야기인데 그 책에 인간들이 방벽 안에서 안전하게 살면서 풍족한 생활을 누리는 부분이 나왔다. 거기다 방벽 안의 인간들이 인공위성 같은 걸로 주인공의 일거수일투족을 감시하는 장면도 나왔다. 윤성은 그걸 진짜로 믿는 눈치였다. 그러면서 어딘가에서 우리를 지켜보는 인간들이 있을 거라는 얘기를 하고 다녔다. 윤성이 때문에 천문대 안의 분위기가 어수

선해지자 전수자 아로는 추방형을 내렸다. 그 뒤로 윤성은 홀로 떨어져서 살아왔다. 주혁은 낮은 목소리로 말했다.

"최소한 우리 말고 누군가 있다는 건 확실해졌어. 그걸 증명하고 싶지 않아?"

"여기서 세종시까지 어떻게 갈 건데?"

윤성이 흥미를 보이는 것 같자 주혁은 품속에서 지도를 꺼냈다.

"여기가 경부 고속 도로야. 이 도로를 따라가면 세종시가 나올 거야."

"도로에 좀비들이 얼마나 많을지 모르는데?"

"가다가 나타나면 차 밑에 숨거나 트럭 지붕으로 올라가야지. 터널이 나오면 산을 넘어가고."

"몇 달 걸리겠는걸. 식량은?"

윤성의 물음에 지도를 접은 주혁이 대꾸했다.

"토끼나 고라니, 돼지 들이 있을 거야. 그리고 중간중간 도시를 지나가니까 편의점이나 마트에 먹을 만한 게 있을지도 모르고."

주혁은 심드렁해하는 윤성에게 다시 말했다.

"가 볼 만하잖아. 어차피 몇 달 뒤에는 좀비로 변해 버리는데 말이야."

"그렇긴 하지."

한동안 생각에 잠겨 있던 윤성은 마침내 결심한 듯 몸을 일으켰다.

"잠깐만 기다려."

윤성은 집 안으로 들어갔다. 마당에 홀로 남은 주혁에게 토토가 꼬리를 흔들면서 다가왔다. 토토의 주둥이에 묻은 물고기 비늘이 햇빛에 반짝였다. 시간이 흐르고 바지를 갈아입은 윤성이 배낭을 챙겨 들고 나왔다. 배낭을 주혁에게 던지고 사다리를 타고 지붕으로 올라갔다.

"받아!"

주혁은 윤성이 던진 육포를 받았다. 사다리를 타고 내려온 윤성은 배낭에 육포를 쑤셔 넣었다.

"먼 길 가려면 먹을 게 있어야지."

윤성은 배낭을 메고 마당에 서서 집 주변을 살펴봤다. 정든 거처를 마지막으로 눈에 담아 두려는 것 같아서 주혁은 잠자코 기다렸다. 윤성은 알 듯 말 듯한 미소를 지은 다음 문을 열었다. 그리고 꼬리를 흔들며 윤성을 지켜보는 토토에게 말했다.

"따라와. 같이 가자."

토토가 나올 수 있게 문을 반쯤 열어 놓은 윤성은 주혁과 함께 길을 나섰다. 잠시 뒤 토토가 컹컹 짖으면서 두 사람을 따라왔다. 한쪽 무릎을 꿇고 토토를 쓰다듬으며 윤성이 주혁에게 물었다.

"우리가 목적지에 도달할 수 있을까?"

“가 봐야 알겠지.”

주혁과 윤성은 산길을 걷기 시작했다. 따스한 햇살이 길 위에 드리워졌다.

11장

기다리는 사람들

골조만 남은 건물 사 층에서 망원경으로 좀비들의 움직임을 살펴보던 그는 뒤쪽에서 발소리가 들리자 고개를 돌렸다. 군복을 입고 소총을 어깨에 멘 중년 여자가 걸어오더니 그의 옆에 섰다.

"어때?"

"별다른 이상은 없습니다."

"어제 무인 정찰기가 상공을 지나갔어."

중년 여자의 말에 그는 하늘을 올려다봤다.

"사흘 전에도 지나갔었죠. 나타나는 횟수가 점점 빈번해지고 있습니다."

"그래서 말인데 은신처를 이동하자는 얘기가 나오고 있어."

"그러면 여기로 알고 올 생존자들이 허탕을 칠 수 있습니다."

"당신은 그들이 올 거라고 생각해?"

중년 여자의 물음에 남자는 고개를 끄덕였다.

"반드시 올 겁니다."

"감시자들이 우릴 먼저 찾게 되면 그들이 여기에 와도 소용이 없어."

"알고 있습니다. 그럼 은신처를 이동하고 저는 여기에 남겠습니다."

그의 대답에 중년 여자는 한숨을 쉬며 망원경을 빼어 들고 무리 지어 움직이는 좀비들을 바라봤다.

"한때는 저들이 모두 사람이었다는 게 믿기지 않아."

"저들이 좀비로 변한 게 사람의 소행이라는 것도 믿기지 않습니다."

"처음에 고든 회장의 얘기를 들었을 때 몽상가라고 생각했었어. 설마 그 계획을 그대로 실행할 거라고는 생각지도 못했지. 코타놀을 이용해서 사람들을 좀비로 만들고 자신이 선택한 소수의 사람들만 벙커로 들어가게 했잖아. 그러면서 지구의 인구는 거의 사라져 버렸고 말이야."

고개를 절레절레 흔든 중년 여성의 말에 그가 망원경을 도로 넘겨받으며 대답했다.

"그래도 박사님은 안전한 벙커에 들어가지 않고 탈출해서 생존자들을 위한 치료약을 만들었잖아요."

"그걸로 내가 저지른 잘못이 모두 사라질까? 지구를 깨끗하게 복원시키겠다는 말에 잠시나마 혹했던 게 창피해."

그가 대답하기 위해 망원경에서 눈을 떼려던 찰나 뭔가를 발견하고는 한곳을 응시했다. 중년 여자가 물었다.

"왜? 뭔데?"

"생존자 같습니다. 십 대 후반으로 보이는 남자 두 명입니다. 개도 한 마리 있군요."

"어디쯤에 있지?"

"분수대가 있는 사거리를 막 지났습니다."

"거긴 좀비들이 많이 나타나는 곳인데 누굴 보내야겠어."

"제가 직접 데리고 오겠습니다."

중년 여자가 한숨을 쉬며 말했다.

"조심해라. 규빈아."

"걱정 마십시오. 황 박사님. 주련산의 아이들을 구할 때까지 저는 어떻게든 무사할 겁니다."

"이제 곧 완벽한 백신이 완성될 테니까 조금만 참아."

"십 년 넘게 참았는걸요."

웃으며 대답한 규빈은 기둥에 세워진 소총을 집어 들고 아래층으로 내려갔다.

작가의 말

『새벽이 되면 일어나라』는 19세 생일이 지나면 좀비로 변한다는 황당한 설정으로 이야기를 시작합니다. 사실 이 이야기는 아주 서글픈 장면을 보면서 시작되었는데요. 강연을 하러 갔던 학교에서 전날 늦게까지 과외를 한 아이가 꾸벅꾸벅 조는 걸 보면서 구상했습니다. 공부에 지쳐 아무 생각도 할 수 없는 그 아이는 하루빨리 고등학교를 졸업하는 게 소원이었습니다. 그럼 더 이상 과외와 공부를 하지 않아도 된다고 믿었거든요. 그 얘기를 들으면서 저는 좀비를 떠올렸습니다. 세상은 학생들이 자신의 의지와 생각을 가지는 대신 시키는 대로 하기만을 바랍니다. 정말 학생들이 좀비가 되길 바라는 걸까요?

세상은 어른과 노인, 청소년과 아이들로 구성되어 있고, 각자의 꿈과 길이 있습니다. 그런데 어떤 어른들은 그 길을 하나로 묶어 버리고, 느리게 걷거나 걷지 않으려는 이들을 무자비하게 탈락시키고 때로는 다름에 대해 비난합니다. 『새벽이 되면 일어나라』에서는 망가져 버린 세상에서 살아남기 위해 발버둥 치는 아이들을 볼 수 있습니다. 어른들은 청소년이나 아이들은 혼자 세상을 살 수 없으니까 자신들이 정한 규칙과 테두리 안에서 살아가야 한다고 믿습니다. 하지만 그게 과연 아이들을 위한 일인지 깊이 생각해 본 사람이 과연 몇 명이나 될까요? 세상은 빠르게 변하고 있고 그런 세상에는 아이들이 훨씬 더 빨리 적응합니다. 하지만 우리만의 기준과 잣대로 한참 앞서 나가는 아이들의 발목을 잡는 건 아닌지 진지하게 고민해 봐야 할 시점이라고 이 작품을 통해 말하고 싶었습니다.

좀비물은 사회가 어지럽고 혼란스러울 때 인기를 끕니다. 기후 변화가 심상치 않고 전염병이 전 세계에 창궐해서 수십만 명의 사망자를 내는 요즘이야말로 좀비가 출현하기 딱 좋은 시대이기도 합니다. 오랫동안 좀비가 인기를 누리지 못했던 우리나라에서는 영화 〈부산행〉의 성공을 시작으로 드라마 〈킹덤〉이 그 인기를 이어가고 있는 중입니다. 낯선 것을 싫어하는 우리나라 사람들이 가뜩이나 징그러운 외모를 가진 좀비들을 자연스럽게 받아들이게 된 이유는 무엇일까요? 결국 우리나라 역시 좀비가 익숙해질 정도로 사회 분위기가 험악해졌다는 걸 의미합니다. 좀비를 좋아하는 저도 마냥 웃을 수만은 없는 일입니다. 그래서 말씀드리고 싶습니다. 제발 아이들을 그냥 놔두라고 말이죠.

정명섭

새벽이 되면 일어나라

2021년 1월 12일 1판 1쇄

지은이 정명섭

편집 김태희 장슬기 이은 김아름 이효진 **디자인** 김민해
제작 박흥기 **마케팅** 이병규 양현범 이장열 **홍보** 조민희 강효원

인쇄 천일문화사 **제책** J&D바인텍

펴낸이 강맑실
펴낸곳 (주)사계절출판사 **등록** 제406-2003-034호
주소 (우)10881 경기도 파주시 회동길 252
전화 031)955-8588, 8558 **전송** 마케팅부 031)955-8595 편집부 031)955-8596
홈페이지 www.sakyejul.net **전자우편** literature@sakyejul.com
블로그 skjmail.blog.me **페이스북** facebook.com/sakyejul1318
트위터 twitter.com/sakyejul **인스타그램** instagram.com/sakyejul

ⓒ 정명섭 2021

값은 뒤표지에 적혀 있습니다. 잘못 만든 책은 구입하신 서점에서 바꾸어 드립니다.
사계절출판사는 성장의 의미를 생각합니다.
사계절출판사는 독자 여러분의 의견에 늘 귀 기울이고 있습니다.
이 책은 저작권법에 따라 보호받는 저작물이므로 무단전재와 무단복제를 금합니다.

ISBN 979-11-6094-706-9 44810
ISBN 978-89-5828-473-4 (세트)